Weihnachten mit dem Milliardär

EINE SINCLAIR-NOVELLE

J. S. SCOTT

Weihnachten mit dem Milliardär ~ Grady
Eine Sinclair-Novelle

Copyright © 2017 J.S. Scott

Englischer Originaltitel:»The Billionaire's Christmas (The Sinclairs)«

Deutsche Übersetzung: Ute Heinzel für Daniela Mansfield
Translations 2017

eBook:
ISBN: 978-1-946660-33-6

Taschenbuch:
ISBN: 978-1-946660-34-3

Titelbild entworfen von: Laura Klynstra

Ebenfalls von J. A. Scott

Die Sinclairs – Die Serie:

Kein gewöhnlicher Milliardär ~ Dante (Buch 1)
Der verbotene Milliardär ~ Jared (Buch 2)
Weihnachten mit dem Milliardär ~ Grady (Eine Sinclair-Novelle)
Der Milliardär mit dem gewissen Etwas ~ Evan (Buch 3)
(demnächst erhältlich)

Ein Milliardär voller Leidenschaft – Die Serie:

Entfesselte Leidenschaft (Buch 1 der Serie erzählt die
Geschichte von Simon und Kara)
Das Herz des Milliardärs ~ Sam (Buch 2)
Die Erlösung des Milliardärs ~ Max (Buch 3)
Der Milliardär und sein Spiel ~ Kade (Buch 4)
Ein Milliardär außer Kontrolle ~ Travis (Buch 5)
Ein Milliardär ohne Maske ~ Jason (Buch 6)
Milliardenschwer und ungezähmt ~ Tate (Buch 7)
Milliardenschwer und ungebunden ~ Chloe (Buch 8)
Milliardenschwer und unerschrocken ~ Zane (Buch 9)
Milliardenschwer und unerkannt ~ Blake (Buch 10)

Die Walker-Brüder – Die Serie:

Lass los! (Buch 1)
Vertrau mir! (Buch 2) **(ab Mitte Oktober 2017 erhältlich)**

Inhalt

Prolog

Boston, Massachusetts ~ 22. Dezember 2000

Grady Sinclair strich sich ungeduldig eine Haarsträhne aus dem Gesicht, die ihm über die Augen gefallen war, rückte stirnrunzelnd seine Brille zurecht und tippte dann wieder mit Lichtgeschwindigkeit auf der vor ihm stehenden Computertastatur herum. Er war so nah, so verdammt nah dran, das Problem zu lösen, das ihm bei diesem Internet-Projekt so viel Kopfzerbrechen bereitet hatte. Er konnte es spüren und seine Intuition ließ ihn jedes Mal so verbissen werden, dass er das Rätsel unbedingt lösen musste. Tatsächlich war es so, dass er sich nur wohl in seiner Haut fühlte, wenn er an Computer-Projekten arbeitete, weil er dann vergessen konnte, dass er nicht perfekt war und so viel weniger der Sohn, den seine Eltern gern gehabt hätten.

»Ich dachte, ich hätte dir bereits gesagt, dass du deinen dämlichen Hintern nach unten bewegen und an der Feier teilnehmen sollst!«, explodierte plötzlich eine männliche Stimme von der Türschwelle. Grady zuckte zusammen.

Er erstarrte, als er den unzufriedenen Ton seines Vaters hörte, auch wenn er sich mittlerweile daran gewöhnt haben sollte. Wenn es um seinen zweitgeborenen Sohn ging, dann war Martin Sinclair niemals zufrieden und für gewöhnlich regelrecht feindselig. »Ich arbeite gerade an etwas Wichtigem«, antwortete er seinem Vater ruhig und bedacht, doch er hatte bereits ein flaues Gefühl im Magen, weil er wusste, was sein Vater sagen würde.

Der große, grauhaarige Mann verschränkte die Arme vor der Brust und sein Gesicht färbte sich rot vor Zorn. »Jedes Mitglied dieser Familie nimmt an der jährlichen Weihnachtsfeier der Sinclairs teil! Deine Schwester und Brüder gehen dieser Pflicht nach, während du dich hier oben wie ein Feigling versteckst und wie üblich eine Schande für den Namen Sinclair bist! Mein Sohn, der Idiot, nimmt nicht an unserer Feier teil, weil er zu dämlich ist, um ein Gespräch zu führen! Das ist es, was die Leute sich erzählen.« Martin hielt inne, um keuchend nach Luft zu ringen, und fügte dann hinzu: »Du wirst den Leuten jetzt dein Gesicht präsentieren! Und versuche gefälligst, dich wie ein Sinclair zu benehmen!«

Grady versuchte, nicht zusammenzuzucken, als er den kalten Blick seines Vaters sah, der ihn aus seinen grauen Augen anschaute, Augen, die seinen so ähnlich waren. »Ich mag keine Feiern«, brachte er tonlos heraus, auch wenn er wusste, dass sehr viel mehr dahintersteckte. Er würde jedoch gar nicht erst versuchen, es seinem Vater zu erklären, denn er hatte ihn noch nie verstanden und würde es auch niemals tun.

»Es interessiert mich einen feuchten Dreck, was du magst und was du nicht magst! Ich lasse es nicht zu, dass irgendeiner meiner Söhne zu einem Idioten *und* einem Feigling heranwächst! Benimm dich wie ein Mann und tu das, was von dir erwartet wird!«, knurrte sein Vater. »Ich will dich unten sehen! Du hast fünf Minuten! Und versuche zur Abwechslung einmal, dich nicht wie ein Dummkopf aufzuführen!« Ohne ein weiteres Wort zu sagen, drehte sich Martin Sinclair um und ging zurück zu seinen Gästen.

Grady seufzte tief. Er war froh darüber, dass sein Vater der Gastgeber der jährlichen Weihnachtsfeier war und vermutlich nicht mehr Zeit gehabt hatte, ihn zu demütigen, weil er nicht der Mann war, zu dem er *alle* seine Söhne heranwachsen sehen wollte.

Martin Sinclair wollte, dass jedes seiner Kinder ganz genau so wurde wie er selbst, doch Grady wusste, dass er ... anders war. Er wollte nicht anders sein, doch er war es nun einmal, und mit mittlerweile achtzehn Jahren wusste er, dass er niemals so werden würde wie sein Vater.

Er ging zu seinem Schrank, zog einen Anzug und eine passende Krawatte heraus und schälte sich aus seiner Jeans und dem T-Shirt, um die formellere Kleidung anzulegen. Weniger als Anzug und Krawatte durfte es auf keinen Fall sein, und wenn er sich schon nicht wie ein Sinclair verhalten konnte, dann würde er sich zumindest wie ein Sinclair kleiden.

Die jährliche Weihnachtsfeier der Sinclairs war eine Veranstaltung, die er jedes Jahr aufs Neue fürchtete. Und bis er achtzehn geworden war, hatte er einer Menge dieser Feiern beigewohnt, wobei jede einzelne von ihnen eine Tortur gewesen war. Er wusste, dass sich seine Geschwister unterstützend um ihn herum versammeln würden. Sein Vater würde Dinge sagen, die verletzend und erniedrigend waren, besonders zu späterer Stunde, wenn Martin Sinclair mehr und mehr Alkohol getrunken hätte. Sein Vater war ein übler Alkoholiker und betrunken sogar noch gemeiner, als er es in nüchternem Zustand war, was nicht sehr häufig vorkam. Seine Mutter würde sich wie immer als die perfekte Gastgeberin präsentieren und seinem Vater nicht widersprechen. Das tat sie nie. Sie war durch seinen Vater vermutlich genauso verängstigt, wie seine Kinder es waren, doch selbst wenn das der Fall sein sollte, dann ließ sie sich niemals etwas anmerken. Ihr Plastiklächeln blieb fest auf ihrem Mund, als wäre es aufgemalt, ein Lächeln jedoch, das nie auch aus ihren Augen strahlte. Manchmal fragte Grady sich, ob seine Mutter wirklich glücklich war. Es war schwer zu sagen.

Die Sinclairs gehörten zum alten Geldadel und besaßen den höchsten Sozialstatus, den eine Familie erreichen konnte. Sein älterer Bruder Evan war bereits in Harvard und nur für die Weihnachtsferien zurück nach Hause gekommen. Grady war neidisch auf ihn und zählte nur die Tage, bis auch er aufs College gehen konnte. Er musste ehrlich gestehen, dass er sich an Evans Stelle nicht sicher wäre, ob er während der Ferien überhaupt nach Hause kommen würde. Vielleicht könnte er Gründe erfinden, warum er auf dem Campus bleiben musste, wenn er erst einmal aufs College ging, und so die Erniedrigung vermeiden, die traditionell schon zu den Weihnachtsfeiern dazugehörte. Es war jedoch so, dass Evan nicht die gleiche Abneigung wie Grady gegen Feiern und Zusammenkünfte besaß. Grady war sich eigentlich sehr sicher, dass Evan jeden der bei der Feier anwesenden Gäste mit seinem Charme bezauberte. Sein Bruder würde vielleicht keine Freude empfinden, doch er konnte sich benehmen, wie es sich für einen Sinclair gebührte, eine Eigenschaft, die Grady bewunderte, doch nicht selbst zu meistern in der Lage schien. Alle seine Geschwister konnten sich wie echte Sinclairs verhalten und es war ein Talent, für das Grady seinen rechten Hoden opfern würde, um es zu besitzen. Verdammt, vielleicht würde er sogar beide Hoden opfern, wenn ihm das die Erlösung von der dauerhaften Kritik seines Vaters verschaffen würde. Grady zog eine Grimasse und griff sich in den Schritt, während er darüber nachdachte, wie es sich wohl anfühlte, plötzlich ohne Hoden dazustehen. Gut, vielleicht *das* gerade nicht. Er war achtzehn Jahre alt und diese Teile seines Körpers erschienen ihm im Moment durchaus wichtig. Doch er würde *so gut wie* alles dafür geben, um nicht der merkwürdige Sinclair in seiner Familie zu sein. Wenn er sich nur einfach anpassen könnte, würde er niemandes Aufmerksamkeit erregen.

Ich bin derjenige, der aus der Reihe fällt. Der enttäuschende Sinclair.

Grady besah sich im Ganzkörperspiegel, rückte seine Krawatte zurecht und versuchte, sein störrisches, rabenschwarzes Haar mit den Fingern glatt zu kämmen. Er war groß, schlaksig und ungelenk und hatte sich noch nicht daran gewöhnt, wie schnell sein Körper in den vergangenen zwei Jahren gewachsen war. Er dachte darüber nach, seine Brille abzunehmen, weil er dann vielleicht nicht ganz so wie ein Langweiler aussehen würde. Und wenn er nichts sehen konnte, bestand außerdem die Möglichkeit, dass er einige der missbilligenden Blicke seines Vaters und der anderen Gäste unbemerkt würde ausblenden können. Doch dann würde er auch herumstolpern und wäre nicht dazu in der Lage, die Dinge deutlich zu erkennen, was ihn vermutlich noch ungeschickter und dümmer aussehen ließe. Er schüttelte den Kopf, weil er wusste, dass sich die Angst in seinen Augen spiegelte, und er hasste sich dafür. Wenn er seine eigene Furcht im Spiegel erkennen konnte, so wusste er, dass jeder andere es ebenfalls bemerken würde.

Ich schaffe das! Ich schaffe das! Ich schaffe es jedes Jahr.

Grady versteifte sein Rückgrat und trat aus seiner Zimmertür. Der Partylärm bedrängte ihn bereits, als er die Treppenstufen hinunterstieg.

Während er sich der Partygesellschaft näherte, einer Gruppe Menschen, die er kaum kannte, wurden seine Handflächen feucht und er schluckte schwer, um den Kloß in seinem Hals hinunterzuwürgen. Und wie immer würden alle Gäste taktlos sein, ihn wegen seines merkwürdigen Verhaltens auslachen und seinen Vater bemitleiden, weil er das Pech hatte, einen armseligen Sohn in die Welt gesetzt zu haben. Sein Vater umgab sich nur mit Menschen, die einen gewissen Gesellschaftsstand besaßen und wohlhabend waren, und diese waren zum größten Teil genauso künstlich und ebenso grausam wie sein Vater.

Warum muss ausgerechnet ich anders sein? Warum kann ich nicht einfach dazugehören?

Grady spürte, wie sein Herz in seiner Brust hämmerte, und er versuchte, seinen schnellen Atem unter Kontrolle zu bringen, indem er sich dazu zwang, langsam und tief Luft zu holen.

»Lass dich von ihnen nicht einschüchtern, Grady! Du bist klüger als jeder einzelne von ihnen.« Evan erschien an seiner Seite und drückte ihm einen Teller mit Essen in die eine und ein Glas mit Punsch in die andere verschwitzte Hand. »Tu einfach so, als würdest du essen, und ignoriere sie.«

In der Hoffnung, dass der Punsch viel Alkohol enthalten würde, nahm Grady einen tiefen Schluck. Seine Augen trafen auf Evans und er nickte ihm mit einem Selbstbewusstsein zu, das er in diesem Moment nicht spürte.

Das ist der Grund, warum Evan nach Hause kommt, auch wenn er das nicht wirklich will. Er kommt meinetwegen.

Sein Bruder wollte auch nicht an dieser Feier teilnehmen. Grady konnte es spüren. Evan würde vielleicht versuchen, den harten Jungunternehmer zu spielen, um seinen Vater zu besänftigen, doch er würde niemals auch nur annähernd der Mann werden, der ihr Vater war, und er fühlte sich in dieser Gesellschaft nicht wohl. Evan war nur aus einem einzigen Grund hier: um seinem jüngeren Bruder Grady unterstützend zur Seite zu stehen.

Gradys vier Geschwister umringten ihn einer nach dem anderen. Keiner von ihnen sagte ein Wort, doch alle waren dort, um ihm still zu helfen.

Grady hielt sich am Rand der Menschenmenge auf. Sein Herz raste noch immer und sein Schwindelgefühl verschwand nie vollständig. Er schwor sich in diesem Moment, dass dies das letzte Weihnachten sein würde, an dem er unter dieser Versammlung von Geiern würde leiden müssen, so wie er jedes einzelne Weihnachten, an das er sich erinnerte, unter ihren erniedrigenden Bemerkungen gelitten hatte. Er würde das niemals wieder durchmachen.

Wie sich herausstellte, hielt Grady sein Wort.

Als Gradys Vater seinen Kindern einige Stunden später eine Strafpredigt darüber hielt, was sie während der Weihnachtsfeier alles falsch gemacht hatten, verdrehte er plötzlich die Augen nach hinten. Er griff sich an die Brust und schnappte nach Luft, während er mit verschwitztem, grauem Gesicht zu Boden fiel und seinen letzten Atemzug tat. Jeder der Sinclair-Geschwister war sich bewusst, dass ihr Vater tot war, doch keiner von ihnen vergoss auch nur eine Träne. Martin Sinclair hinterließ jedem seiner Kinder und seiner Ehefrau einen unsagbaren Reichtum und so wurde dies *tatsächlich* die letzte Weihnachtsfeier der Sinclairs.

Es war ebenfalls das Jahr, in dem Grady Sinclair sich eingestand, dass er Weihnachten hasste und es immer hassen würde.

Kapitel 1

»Ich kann nicht fassen, dass du wirklich das Scheusal von Amesport um eine Spende bitten willst! Du bist entweder sehr mutig oder sehr verzweifelt. Grady Sinclair ist der Letzte, der dir helfen würde!«

Emily Ashworth blickte von ihrem Bürostuhl am Schreibtisch auf und sah ihre beste Freundin und ehrenamtliche Helferin im Jugendzentrum Randi Tyler mit gerunzelter Stirn an. Miranda, in Amesport bei allen besser als Randi bekannt, war eine Lehrerin im Ort und in ihrer freien Zeit im Jugendzentrum zu finden, wo sie Kindern mit Lernschwierigkeiten half.

»Habe ich eine Wahl? Er ist ein Milliardär, er lebt in Amesport und wir brauchen das Geld. Uns bleiben nur noch drei Wochen bis Weihnachten, Paul hat alles genommen!« Emilys Augen senkten sich auf ihren Computerbildschirm, wo der Kontostand des Jugendzentrums von Amesport unübersehbar in roten Zahlen angezeigt wurde. Ihr Exfreund – wenn sie ihn überhaupt als *das* bezeichnen konnte – war verschwunden und mit ihm sämtliches Geld, welches das JZVA auf seinem Firmenkonto gehabt hatte. *Verdammt!* Sie hätte wissen sollen, dass Paul ein Betrüger war. Er war einfach zu aufmerksam gewesen und dass er gerade ihr den Hof gemacht hatte, war wirklich ungewöhnlich gewesen. Seine gesamte Aufmerksamkeit und gespielte Zuneigung war nichts weiter als eine Masche gewesen, um sich das bereitliegende Geld unter den Nagel zu reißen. Es war ein Guthaben gewesen, an das er gar nicht erst hätte herankommen dürfen.

Es ist meine Schuld. Ich bin die Direktorin. Ich hätte ihn besser im Auge behalten und ihn niemals allein in meinem Büro lassen sollen. Paul hatte sie hinters Licht geführt und sie war dummerweise auf seinen Betrug hereingefallen. Dieser Mistkerl! Er hatte sie vor zwei Tagen hier im Zentrum besucht. Sie war zu einem Notfall gerufen worden, weil sich eines der Kinder beim Basketballspielen verletzt hatte, und hatte ihn alleine in ihrem Büro zurückgelassen. Am nächsten Tag war er verschwunden und das Firmenkonto leer. Sie hatte Paul kompletten Zugang zu dem Konto gegeben, weil sie in dem Moment die Konten eingesehen hatte, als sie weggerufen wurde und ohne ihren Computer zu sperren ihr Büro verlassen hatte.

»Es ist nicht deine Schuld«, sagte Randi tröstend und nahm auf dem Stuhl vor Emilys Schreibtisch Platz. »Du konntest doch nicht wissen, dass so etwas passieren würde.«

»Er hat immer die richtigen Dinge gesagt, doch seine Komplimente haben etwas gekünstelt geklungen. Als ich ihn das letzte Mal gesehen habe, wirkte er nervös und verspannt. Ich weiß nicht, er schien irgendwie abgelenkt und verärgert, doch ich habe dem keine Bedeutung zugemessen und es darauf geschoben, dass er einen schlechten Tag gehabt hat. Es hätte mir auffallen müssen, dass etwas nicht stimmte!« Emily sah ihre zierliche, dunkelhaarige Freundin argwöhnisch an und fragte sich, ob Randi wohl auch gutgläubig genug gewesen wäre, um Pauls geschickten Lügen auf den Leim zu gehen. Vermutlich nicht. »Ganz egal, wer nun die Schuld daran trägt, ich muss es wieder gerade biegen. Die Zukunft des Zentrums steht auf dem Spiel. Und wir werden definitiv kein Geld haben, um Weihnachtsgeschenke und Lebensmittel für die jährliche Feier zu besorgen. Das Geschenk, das wir den Kindern machen, ist oftmals das einzige, das sie zu Weihnachten bekommen.« Emilys Herz wurde schwer und sie fühlte sich schuldig. »Ich kann die Kinder nicht im Stich lassen! Und ich kann die Gemeinde nicht im Stich lassen!«

Amesport war ein kleines Küstenstädtchen, doch die Anzahl der Kinder, die dieses Jugendzentrum benötigten, war aufgrund der umliegenden Dörfer ziemlich beachtlich. Wenn das Zentrum schließen musste, würde dies für die gesamte Stadt und die angrenzenden Gemeinden einen herben Verlust bedeuten.

Randi rollte mit den Augen. »Du willst also einfach so bei Grady Sinclair an die Tür klopfen und ihn um Geld bitten?«

»Ja, das ist mein Plan. Wir könnten kleinere Spenden aus den Gemeinden erhalten, doch uns fehlt das gesamte Betriebsbudget für den Rest des Jahres. Uns kann nur noch eine hohe Geldspende helfen, aus diesem Schlamassel herauszukommen«, antwortete Emily. Sie legte den Kopf auf ihre Arme, die auf dem Schreibtisch ruhten, und Tränen der Frustration und der Wut schossen ihr in die Augen. »Und ich selbst habe nicht das Geld, um es zurückzugeben.«

»Ich wünschte, ich könnte dir diese Summe geben, doch auch ich habe nicht so viel Geld zu Hause herumliegen«, entgegnete Randi schwermütig. »Er wird dir das Geld nicht geben, du solltest dir also die Erniedrigung sparen und ihn gar nicht erst fragen. Grady Sinclair ist nicht gerade für seine Güte und Großzügigkeit bekannt. Vielleicht hat ja einer der anderen Sinclairs –«

»Er ist der Einzige, der hier wohnt. Die anderen sind alle nicht in der Stadt«, sagte Emily düster, weil sie sich bewusst war, dass die restlichen Familienmitglieder, die allesamt Häuser auf der Halbinsel besaßen, nicht zur Verfügung standen. Sie hatte bereits nachgeforscht. Sie wollte wirklich keinen Mann ansprechen, der dafür bekannt war, unfreundlich, unsozial und herablassend zu sein. Doch er war der einzige Sinclair, den sie fragen konnte. Und deswegen würde sie es tun, Scheusal oder nicht. Wenn sie ehrlich war, verdiente sie es vermutlich, dass der Typ ihr die Tür vor der Nase zuschlug. Diese Situation war ganz allein ihre Schuld, auch wenn die Polizei ihr bereits mitgeteilt hatte, dass genau diese Masche in den vergangenen Monaten auch in zahlreichen anderen Unternehmen in Maine angewendet worden war, doch bisher waren sie noch nicht dazu in der Lage gewesen, den Täter zu stellen. Trotzdem, wenn sie von Pauls schmeichelhafter Aufmerksamkeit nicht so unglaublich bezaubert gewesen wäre, dann würde jetzt nicht die Zukunft des Jugendzentrums auf dem Spiel stehen.

Männer, die so aussehen wie er, fallen nicht gerade über mich her. Ich hätte misstrauischer sein sollen! Paul hat sein Aussehen und seinen Charme genutzt, um mich um den Finger zu wickeln, und es hat funktioniert, weil ich diese Art von männlicher Aufmerksamkeit nicht gewohnt bin.

Sie war groß, ihre Figur war zu rundlich und sie trug ihr langes, blondes Haar für gewöhnlich in einem Pferdeschwanz. Ihre alte Brille trug ebenfalls nicht dazu bei, dass sie weniger langweilig wirkte, und sie schminkte sich kaum, weil der Großteil der Schönheitsprodukte Hautirritationen bei ihr verursachte. Sie neigte dazu, nicht aufzufallen, und für die meisten Männer war sie eher ein Kumpel als eine Freundin.

»Weine Paul ja keine Träne nach! Dann war er eben attraktiv! Trotzdem ist er ein Dieb und verdient deinen Kummer nicht! Ich würde den Mistkerl kastrieren wenn ich ihn finden könnte!«, sagte Randi wütend. »Du warst offensichtlich nicht sein erstes Opfer, doch ich würde gern dafür sorgen, dass du sein letztes gewesen bist!«

Emily hob den Kopf und wischte an den Tränen in ihrem Gesicht herum. »*Seinetwegen* bin ich nicht traurig. Wir sind nur ein paar Wochen miteinander ausgegangen und ich kannte ihn ja nicht einmal richtig. Aber die Kinder –«

»Die Kinder werden es überleben und wir werden uns etwas einfallen lassen.«

Das Jugendzentrum war das Herzstück von Amesport. Der ausladende, alte Backsteinbau diente nicht nur als Zufluchtsort für Kinder und Jugendliche jeden Alters, die etwas Unterstützung und Aufmerksamkeit benötigten, sondern es war ebenfalls der Ort, an dem die wichtigen Dinge stattfanden, wie Hochzeitsempfänge und wöchentliche Veranstaltungen für die Senioren in der Gemeinde. Alles Gute, das in der Stadt vor sich ging, geschah hier, und Emily würde sich in Grund und Boden schämen, wenn sie die Gemeinde im

Stich lassen würde, indem sie das Zentrum ruinierte. Die Menschen in dieser Stadt, von den ganz jungen bis hin zu den Senioren, brauchten diese Versammlungsstätte und die Aktivitäten und Dienste, die dort angeboten wurden. Sie war nicht nach Amesport zurückgekehrt, nur um das Jugendzentrum zu zerstören, das sie während ihrer Kindheit selbst besucht hatte.

Amesport war immer schon Emilys *Zuhause* gewesen. Sie war nur ein einziges Mal fortgegangen, um in Kalifornien aufs College zu gehen. Nach ihrem Abschluss hatte sie eine Weile dort gelebt und versucht, sich hochzuarbeiten, doch irgendwann war ihr bewusst geworden, dass es sie wirklich nicht interessierte, ob sie an die Spitze gelangte oder nicht.

Als Finanzdirektorin einer großen Wohltätigkeitsorganisation hatte Emily zunächst gedacht, dass sie sich in ihrer Position wohlfühlen würde, wo sie doch in einem Umfeld arbeitete, bei dem es an erster Stelle stand, den Menschen zu helfen. Leider war es so gewesen, dass die Geschäftsführung ganz und gar nicht die Absicht gehabt hatte, anderen Menschen zu helfen, und ihr anfängliches Glücksgefühl war schnell in Frustration umgeschlagen. Am Ende war es nichts anderes gewesen, als für ein Unternehmen zu arbeiten, das nur auf Gewinn aus ist, weil die Vorgehensweisen genau die gleichen gewesen waren. Sie hatte traurigerweise feststellen müssen, dass die Mitarbeiter mehr Interesse daran gezeigt hatten, sich für das Erreichen der nächsten Beförderung der Firmenpolitik zu beugen und den richtigen Personen in den Hintern zu kriechen, als irgendjemandem zu helfen.

Als ihre Mutter ihr erzählt hatte, dass der ehemalige Direktor des Zentrums in den Ruhestand gegangen war, war Emily nach Hause zurückgekehrt. Es hatte sich gut angefühlt, dass sich während ihrer Abwesenheit nur sehr wenig verändert hatte, mit Ausnahme der Tatsache, dass die Sinclair-Geschwister sich endlich dazu entschlossen hatten, die außerhalb der Stadt gelegene Halbinsel für sich zu beanspruchen, ein Stück Land, das sich seit mehreren Generationen in ihrem Familienbesitz befunden hatte. Grady war der Erste gewesen, der sein Haus auf die Halbinsel gesetzt hatte, und alle seine anderen Geschwister waren nachgezogen und hatten ihre eigenen Häuser gebaut, nachdem Gradys fertiggestellt worden war. So weit sie wusste, war Grady Sinclair der Einzige, der sich die gesamte Zeit über auf der Halbinsel aufhielt, doch alle fünf Geschwister besaßen dort ihre Anwesen, die jedoch für gewöhnlich leer standen.

»Ich muss etwas tun!«, flüsterte Emily verzweifelt. Sie stand auf und zog sich ihre leuchtend rote Jacke an.

»Ich habe gehört, dass er sich gern Frauen und kleine Kinder als Zwischenmahlzeit einverleibt«, warnte Randi sie und ihre Lippen verzogen sich zu einem kleinen Grinsen.

Emily strich sich die Jacke über ihren ausladenden Hüften glatt und konterte: »Ich denke, ich tauge eher als zünftiges Mittagessen!« Im Gegensatz zu ihrer zierlichen Freundin war Emily weit davon entfernt, winzig zu sein, und sie würde sogar für ein Scheusal eine anständige Mahlzeit darstellen.

Seit mehr als einem Jahr war sie nun zurück in Amesport und leitete das JZVA, doch sie war noch keinem einzigen Mitglied der Sinclair-Familie begegnet. So wie es aussah, war der Großteil der Familie entweder ständig unterwegs oder lebte an einem anderen Ort und nutzte seine Anwesen hier in Maine ausschließlich als Ferienhäuser. Grady Sinclair wurde nur sehr selten in der Stadt gesehen, doch seine wenigen, unfreundlichen Begegnungen mit den Einwohnern hatten ihm den Ruf eines Arschlochs eingebracht. Die Einwohner von Amesport waren es nicht gewohnt, wenn die Menschen ihnen anders als höflich und freundlich gegenübertraten; so gut wie jeder in der Stadt würde sich bereitwillig mit einem Neuankömmling unterhalten und mit ihm scherzen. Wenn man den Gerüchten glaubte, dann war Grady Sinclair nicht gerade der freundlichste Mensch weit und breit, und Emily fragte sich, warum er überhaupt nach Amesport gezogen war. Die Sinclairs stammten aus Boston. Sicher, sie besaßen hier Land. Doch eigentlich besaßen sie so gut wie auf der ganzen Welt irgendwelche Immobilien.

Randi stand auf und ihr Grinsen wurde zu einem besorgten Blick, als sie fragte: »Bist du dir sicher, dass du das machen willst?«

»Ich fahre da jetzt hin!«, antwortete Emily selbstbewusst und nahm sich ihre Handtasche. »Wie schlimm kann er schon sein?« Randi zuckte mit den Schultern. »Ich bin ihm tatsächlich auch noch nie begegnet. Doch nach dem zu urteilen, was ich gehört habe, handelt es sich bei ihm um die Ausgeburt des Teufels.«

Emily rollte mit den Augen. »Danke! Das ist sehr beruhigend.« Auf dem Weg zur Tür griff Randi nach Emilys Arm und drückte sie an sich. »Sei vorsichtig! Möchtest du, dass ich dich begleite?«

Emily war gerührt, dass Randi mitkommen und mit ihr gemeinsam das Scheusal konfrontieren wollte, und sie erwiderte die Umarmung dankbar. Als sie ihre Freundin losließ, antwortete sie jedoch: »Nein. Doch kannst du hier im Zentrum die Stellung halten, bis ich wieder da bin? Die meisten Kinder sind bereits nach Hause gegangen, weil ein Sturm aufzieht, doch im Freizeitraum findet gerade Bingo statt.«

Randi nickte und lächelte. »Ich werde rübergehen und abschließen, wenn alle gegangen sind. Beim Bingo gibt es immer leckere Sachen zu essen.«

Emily runzelte zum Spaß die Stirn und wünschte sich insgeheim, dass sie Randis Stoffwechsel und Liebe zur körperlichen Betätigung teilen würde. Ihre Freundin aß wie ein Scheunendrescher und nahm niemals auch nur ein Gramm zu. »Pass auf dich auf! Diese alten Damen werden gefährlich, wenn du versuchst, ihnen zu viele Hähnchenflügel wegzuessen«, entgegnete Emily lachend.

Belustigt witzelte Randi: »Sie sehen nie, wie ich komme oder gehe. Im Stehlen von Essen bin ich ein Experte!«

Emily wusste, dass Randi nur scherzte, doch sie kannte Randis Vergangenheit und hatte keinen Zweifel daran, dass ein kleines Fünkchen Wahrheit in Randis Aussage steckte.

»Danke!«, sagte Emily leise.

Randi salutierte zum Spaß und marschierte grinsend in Richtung Freizeitraum.

Emily seufzte schwer, als sie sich zum Ausgang bewegte und versuchte, bei dem Gedanken, sich Grady Sinclair zu nähern, nicht zusammenzuzucken. In Kalifornien war sie bereits ziemlich einschüchternden Männern begegnet. Sicher, er war ein Milliardär, doch er war auch nur ein Mann, richtig? In keiner Weise anders als irgendein anderer reicher Typ, den sie während ihrer Arbeit für die Wohltätigkeitsorganisation getroffen hatte.

Es war dunkel und hatte angefangen zu schneien, als sie mit ihrem alten Auto zur Halbinsel fuhr. Sie war sich bewusst, dass sie die Reifen schon vor langer Zeit hätte wechseln sollen, doch momentan war diese Anschaffung einfach nicht in ihrem Budget enthalten. Außer Dingen, die absolut notwendig waren, leistete sie sich sehr wenig. Weil sie ihre Studentenkredite zurückzahlte und für ihren aktuellen Job nur ein geringes Gehalt erhielt, waren alle anderen Käufe so gut wie ausgeschlossen. Mit ihrem Wirtschaftsdiplom würde sie woanders weitaus mehr Geld verdienen können, doch sie würde lieber bescheiden leben, als wieder in einem großen Unternehmen zu arbeiten. Sie war einfach nicht skrupellos genug, um sich hochzuarbeiten, während sie rücksichtslos über andere hinweg trampelte, um zu ihrem Ziel zu gelangen. Sie wollte eigentlich nur eine Arbeit verrichten, bei der sie etwas Gutes tun konnte, und diese Arbeit hatte sie im Jugendzentrum gefunden. Leider hatte sie den Fehler begangen, sich mit dem falschen Mann einzulassen, was ihre Lebensgeschichte bereits zusammenfasste. Sie musste zugeben, dass er keine Unsummen erbeutet hatte, doch für sie persönlich war es viel sehr Geld gewesen. Geld, das sie nicht besaß, um es wieder zurückzugeben. Es handelte sich dabei um das gesamte Dezember-Budget für das Zentrum, das über das ganze Jahr für die Weihnachtsfeierlichkeiten gesammelt worden war. Und die Summe war so hoch, dass sie gar nicht erst darauf hoffen konnte, sie durch Spenden wieder hereinzubekommen.

»Die Polizei wird wohl kaum Glück haben, ihn zu finden«, murmelte Emily, bevor sie sich dem Tor näherte, das die Straße zur Halbinsel versperrte. Paul war wie vom Erdboden verschluckt, als hätte er nie existiert. Die Polizei hatte die Ermittlungen zwar aufgenommen, doch sie besaß nur sehr wenige Informationen. Sein richtiger Name war vermutlich nicht einmal Paul und so wie es schien, hatte er diese Masche bereits einige Male abgezogen, ohne geschnappt zu werden – wenn dieselbe Person auch für die anderen Diebstähle und Betrügereien verantwortlich war.

Sie schluckte und starrte auf das riesige Metalltor, das vor ihr aufgetaucht war. Sie fragte sich gerade, ob sie wohl eingelassen werden würde, als die verzierten Türen begannen, sich geräuschlos zu öffnen.

Das Tor ist nicht abgeschlossen oder bewacht. Es gibt einen Bewegungsmelder.

Okay. *Das* überraschte sie. Sie benötigte sogar einen Moment, um ihren Fuß auf das Gaspedal zu pressen und durch das nun offene Tor hindurchzufahren. Als sie endlich aus ihrem Staunen erwachte, beschleunigte sie so stark, dass das hintere Ende ihres Autos aufgrund ihrer abgefahrenen Reifen ins Schlingern geriet. Schnell erlangte sie wieder die Kontrolle über ihren Wagen und fuhr weiter. Es schneite jetzt heftiger und der starke Nordostwind wirbelte schwere, nasse Flocken herum.

Was hatte ich erwartet? Eine bewachte Festung?

Ja! Tatsächlich hatte sie angenommen, dass es eine Art Grenze zwischen der extrem reichen Sinclair-Familie und dem Rest der Welt geben würde. Auch wenn die Halbinsel nicht übermäßig groß war, so besaßen die Sinclairs doch das gesamte Kap, und darüber hinaus handelte es sich um einen Privatweg, der zu den verschiedenen Anwesen führte. Die Erlaubnis zur Einfahrt zu bekommen, indem sie sich dem Tor nur genähert hatte, war *wirklich* eine Überraschung gewesen. Während ihrer Kindheit hatte die herausragende Landmasse brachgelegen und sie hatte die Schilder mit der Aufschrift *Betreten verboten* stets ignoriert, um an ihrem Lieblingsplatz, einem der Küstenstreifen am Kap, zu sitzen.

Mein Lieblingsplatz befindet sich genau dort, wo Grady Sinclair sein Haus gebaut hat.

Emily hatte eine schlechte Sicht, doch sie rückte sich die Brille zurecht, kniff die Augen zusammen und blickte direkt in den Schneewirbel. Sie passierte zahlreiche private Einfahrten und fuhr immer weiter geradeaus, weil sie wusste, dass sich Gradys Haus am hinteren Ende der Halbinsel befand.

Die Straße endete an seinem Haus und Emily kämpfte sich voran, um schließlich ihren Wagen in der kreisförmigen Einfahrt zu parken und den Motor auszuschalten.

Ich muss verrückt sein!

Bevor sie es sich anders überlegen würde, griff sie nach ihrer Handtasche, stieg aus und schlug die Autotür geräuschvoll zu. Sie war froh, dass sie bei diesem Wetter Jeans und einen Pullover trug, sie wünschte sich nur, dass sie auch Stiefel angezogen hätte, da sie mit ihren Turnschuhen in dem frischen, nassen Schnee kaum Halt fand und unsicher herum schlitterte.

Das Haus war riesig und beim Anblick der schweren Eichentüren, die sich ihr präsentierten, wäre sie am liebsten so schnell davongelaufen, wie es ihre rutschigen Schuhsohlen zugelassen hätten.

»Was für ein alleinstehender Mann besitzt solch ein gigantisches Haus?«, flüsterte sie ehrfurchtsvoll.

Sie gab sich selbst die Antwort, indem sie sagte:»Ein Mann, der genug Geld besitzt, um dem Jugendzentrum eine Spende zukommen zu lassen.«

Mit diesem Gedanken im Kopf machte sie einige entschlossene Schritte nach vorn und drückte fester als nötig auf die Türklingel. Dies bewirkte, dass ihre Füße den Halt verloren, sie ausrutschte und ihr Körper ungraziös auf Grady Sinclairs Türschwelle landete.

Was für ein fabelhafter und anmutiger Auftritt, Emily! Beeindrucke ihn mit deiner Professionalität!

Wütend auf sich selbst suchte sie auf dem vereisten Boden des Steinvorbaus nach Halt, um schnell wieder auf die Beine zu kommen, doch sie rutschte erneut aus und fiel dieses Mal auf ihren Hintern, wobei sie zusammenzuckte, als ihr Steißbein auf dem harten Boden aufschlug. »Scheiße!«

Urplötzlich öffnete sich die Tür und Emily Ashworth erhielt den ersten Blick auf das Scheusal von einer würdelosen Position auf ihrem frierenden Hintern.

Ihre Brillengläser waren zwar feucht und beschlagen, doch er sah keinem der Scheusale ähnlich, die sie jemals zu Gesicht bekommen hatte. Er machte jedoch einen ziemlich grimmigen, düsteren und gefährlichen Eindruck. Ohne ein Wort zu sagen, streckte Grady Sinclair seine Hand aus, als erwartete er wirklich, dass sie sie nehmen würde. Sie ergriff sie tatsächlich und ließ sich von ihm auf die Beine helfen, als sei sie leicht wie eine Feder. Während sie sich aufrichtete, um ein Mindestmaß an Würde auszustrahlen, sah sie mit offenem Mund zu ihm auf. Für eine Frau war sie bereits relativ groß, doch er ragte drohend über ihr empor und ließ sie wie eine Zwergin erscheinen. Er war lässig angezogen und trug ein hellbraunes Thermohemd, das sich über harte Muskeln und einen breiten Oberkörper spannte. Seine Beine steckten in ausgetragenen Jeans, die er so gut ausfüllte, wie sie noch niemals einen Mann hatte Jeans tragen sehen.

Du meine Güte! Grady Sinclair sah scharf aus! Superscharf, um genau zu sein. Sein dunkles Haar war zerzaust und er wirkte, als sei er gerade erst aufgestanden, was sie dazu veranlasste, ihn wieder zurück in ein Schlafzimmer ziehen zu wollen. Ein beliebiges Schlafzimmer. Er sah aus, als hätte er sich heute nicht rasiert, und die dunklen, männlichen Bartstoppeln an seinem Kinn ließen die Testosteronwellen, von denen sie schwören konnte, dass sie förmlich aus seinem überwältigenden Köper heraus pulsierten und in ihren eindrangen, nur noch höher schlagen und sie ein klein wenig erschaudern.

Nachdem er sie mit seinem grauäugigen Blick gemustert hatte und ihr schließlich fest ins Gesicht sah, holte sie tief Luft. »Hi!«, sagte sie schwach und war nicht dazu in der Lage, einen intelligenten Satz herauszubringen. Ihr Gehirn war unfähig zu denken und ihre Wangen liefen peinlich berührt rot an. Das war ganz und gar nicht der sachliche, würdevolle Auftritt, auf den sie gehofft hatte, und ihre lüsterne Reaktion auf Grady Sinclair hatte sie untypischerweise aus dem Konzept gebracht.

Ich muss mich zusammenreißen! Ich benehme mich wie ein Idiot. Ich brauche diese Spende.

Er griff ihre Jacke mit der Faust, zog sie ins Haus und schloss die Tür hinter ihr. Dann nahm er ihr die Brille von der Nase, säuberte sie an seinem Hemd und gab sie ihr zurück. »Du siehst nicht wie eine von Jareds üblichen Frauen aus«, sagte er ruppig. »Das Schlafzimmer befindet sich im Obergeschoss.« Er wies mit seinem Daumen zu der Wendeltreppe, die sich am Ende des riesigen Wohnzimmers befand.

Emily starrte ihn einen Moment lang mit leerem Blick an und schaute dann in Richtung des Wohnzimmers, um wieder einen klaren Gedanken fassen zu können. Es war offensichtlich, dass sie nicht klar denken konnte, wenn sie *ihn* direkt ansah.

Schlafzimmer? Wovon redet er, verdammt noch mal? Jareds Frauen?

»Ich glaube, Sie verwechseln mich mit jemandem. Ich kenne Sie nicht und ich bin ebenfalls nicht mit Jared bekannt. Ich bin gekommen, um Sie um einen Gefallen zu bitten.« *Was denkt er, wer ich bin?*

»Und im Gegenzug für einen Gefallen tust *du* mir einen Gefallen, richtig?«, fragte er ärgerlich. Seine raue Stimme klang fast schon missbilligend.

Ihr Kopf fuhr herum und sie sah ihm ins Gesicht. »Was? Nein! Was für einen Gefallen?«, fragte sie argwöhnisch.

»Mein Bruder Jared hat mir gesagt, dass ich nur Sex haben müsste, woraufhin für gewöhnlich eine Frau bei mir vor der Tür steht. Ich gebe den Frauen meistens nur einen Scheck und schicke sie wieder weg. Doch ich habe mich entschlossen, dich zu nehmen,« sagte er heiser.

Emily schluckte. »Jemand schickt Ihnen Frauen ... Sie meinen Prostituierte?« *Du meine Güte, nie im Leben braucht Grady Sinclair eine Nutte!* Ihr fiel nicht eine einzige alleinstehende Frau ein, die nicht mit ihm schlafen würde. »Sehe ich etwa aus wie eine Hure?«, fragte sie verstört und war mit einem Mal beleidigt, dass er dachte, sie würde zum Verkauf stehen. Dennoch spürte sie bei dem Gedanken daran, dass er sie begehrte und was er mit ihr anstellen würde, wenn sie eine käufliche Frau *wäre*, einen kleinen Schauer ihren Rücken hinunter gleiten und zwischen ihren Schenkeln landen. Sie war nicht hübsch und sie hatte mehr Kurven, als Männer für gewöhnlich attraktiv fanden.

Er öffnete den Reißverschluss ihrer Jacke, zog ihr das Kleidungsstück aus und hängte es an einen Haken neben der Tür. Während er sich wieder zu ihr umdrehte, sagte er langsam: »Nein. Tust du nicht. Deswegen will ich dich ja vögeln.«

Emily schnappte nach Luft. Seine deutlichen Worte und scheinbare Erregung ließen sie rot anlaufen. »Also, ich kenne Jared nicht und *das* will ich nicht tun.« Lügnerin! Lügnerin! Wie *sehr* wollte sie es tun, doch das würde sie auf gar keinen Fall zugeben, wo er sie doch gerade beleidigt hatte. Davon abgesehen war sie für lockere sexuelle Beziehungen nicht zu haben. »Mein Name ist Emily Ashworth und ich bin die Direktorin des Jugendzentrums von Amesport. Ich würde mit Ihnen gern über die Möglichkeit einer Spende sprechen.«

Sie schauderte, als er sie von oben bis unten musterte und seinen Blick schließlich auf ihr Gesicht heftete. Er starrte sie aus solchen schwelenden, hungrigen Augen an, dass sich ihr Magen zusammenzog.

»Dir ist kalt!«, sagte er plötzlich, nahm ihre eiskalte Hand in seine und führte sie durch das Wohnzimmer, den Flur entlang und in eine helle Küche hinein. »Setz dich!«, forderte er sie auf, als er am Küchentisch haltmachte und ihre Hand losließ.

Emily war so verwirrt, dass sie nichts anderes tun konnte, als seiner Aufforderung nachzukommen. Sie sah schweigend dabei zu, wie Grady Sinclair sich durch die Küche bewegte und seinen großen Körper mit einer Geschmeidigkeit herum manövrierte, die für einen Mann seiner Größe und Muskelmasse unmöglich sein sollte. Ihn von hinten zu betrachten war fast schon hypnotisierend. Sie war eifersüchtig auf den Jeansstoff, der seinen Hintern so eng umschloss, dass sie sehen konnte, wie die Muskeln darunter sich bewegten, während er durch die Küche ging. Es war ein Anblick, von dem sie sich für eine geraume Zeit nicht losreißen konnte. Als sie es endlich schaffte, ihren Blick abzuwenden, besah sie sich die Küche – einen großen, hellen Raum, der wunderschöne Arbeitsflächen aus Marmor und abgezogene Holzböden besaß. In der ganz in weiß gehaltenen Küche befanden sich teure Gerätschaften und blitzende Kupfertöpfe, die an Haken von der Decke baumelten und von Emily neugierig bestaunt wurden. Im hinteren Bereich war ein Esszimmer mit einem schweren Holztisch zu finden, doch der Raum selbst war dunkel, spärlich möbliert und sah aus, als würde er nicht sehr häufig genutzt.

Er schlenderte lässig zum Küchentisch hinüber, setzte sich mit seiner Tasse neben sie und schob ihr eine zweite hin. Emily nahm die Tasse in ihre kalten Hände und seufzte, als sie den Duft des heißen, wohlriechenden Getränks einatmete. Er hatte heißen Apfeltee gemacht, von dem sie einen großen Schluck nahm. Die warme Flüssigkeit begann sofort, ihren frierenden Körper aufzutauen. »Danke«, sagte sie leise, als sie ihre Tasse wieder auf dem Tisch abstellte. »Sie denken also darüber nach?«

»Warum?«, fragte er düster, während sein feuriger Blick sie förmlich aufspießte. Emily fing an, unruhig auf ihrem Stuhl hin und her zu rutschen.

»Das Zentrum braucht Geld.«

»Warum?«, fragte er erneut, dieses Mal mit hochgezogener Augenbraue. Er hob die Tasse an, um einen Schluck zu trinken, hielt seinen Blick jedoch die ganze Zeit über fest auf sie gerichtet.

Er weiß, dass ich verzweifelt bin, dass es einen Grund gibt, warum ich so spät zu ihm komme, um nach Geld zu fragen.

»Ein Mann, mit dem ich ausgegangen bin, hat das Betriebsbudget des Zentrums gestohlen und ohne eine großzügige Spende ist es uns nicht möglich, weiterhin geöffnet zu bleiben«, gab sie zu und fragte sich, warum sie das Bedürfnis verspürte, vollkommen ehrlich zu ihm zu sein.

Sie begann zögerlich, doch erzählte ihm nach und nach die gesamte Geschichte darüber, wie das Geld gestohlen werden konnte. Während sie redete, sah Grady sie die ganze Zeit über schweigend und mit einem undurchdringlichen Gesichtsausdruck an. »Wären Sie also bereit zu helfen?«, fragte sie nervös, als sie ihre Erzählungen beendet hatte.

Er schwieg mit nachdenklichem Gesicht und sah sie weiterhin an. Einige intensive Minuten der Stille vergingen, bevor er endlich antwortete: »Ich könnte bereit sein, darüber nachzudenken. Doch ich möchte einen Gegenleistung dafür.«

Sie hob ihre Tasse an und nahm einen weiteren Schluck von ihrem Apfeltee, den sie verlegen herunterschluckte, bevor sie antwortete: »Was? Ich werde alles dafür tun, damit Sie das bekommen, was

Sie haben möchten.« Die Zukunft von Amesport hing von seiner Antwort ab. Emily wusste, dass sie keinen anderen Menschen fragen konnte, und hatte selbst keine andere Lösung parat.

»Das ist gut, denn du bist die Einzige, die es mir besorgen kann«, stimmte er lässig zu. »*Du* bist nämlich alles, was ich wirklich haben will.« Emily verschluckte sich und erstickte fast an ihrem Tee. Großer Gott, vielleicht war Grady Sinclair tatsächlich das Scheusal von Amesport. »Ich muss Amesport ein Weihnachtsfest bereiten, denn für diese Menschen ist es wichtig, dass das Zentrum geöffnet bleibt. Ich werde außerdem alles tun, um zu verhindern, dass unzählige Kinder in diesem Jahr enttäuscht werden, doch ich werde ganz sicher nicht mit Ihnen schlafen, um das zu erreichen!«, sagte sie empört.

»Wir brauchen nicht miteinander zu schlafen«, antwortete Grady ruppig. »Außerdem hasse ich Weihnachten!«

Wie konnte er Weihnachten hassen? Wer außer dem Grinch hasste denn schon Weihnachten?

Emily sah sich in dem riesigen, geschmackvoll eingerichteten Haus um: Weit und breit war keine einzige grüne oder rote Dekoration zu entdecken. Sie hatte nichts Weihnachtliches in seinem Wohnzimmer gesehen und auch seine Küche und sein Esszimmer waren weihnachtsfrei. »Zufällig liebe ich Weihnachten. Es ist die Zeit des Gebens und Helfens anderer, eine Zeit der Vergebung und Freude.«

»Aus meiner Erfahrung kann ich das nicht sagen«, antwortete Grady, stand von seinem Stuhl auf und stellte seine Tasse in die Spüle. »Weihnachten ist die Zeit der kommerziellen Gier, in der jeder etwas erwartet. Niemand ist wirklich glücklich, es ist alles nur gespielt. Menschen verhalten sich so, wie sie denken, dass es von ihnen erwartet wird.«

Emily stand auf und trat zu ihm ans Waschbecken, wo sie beide Tassen ausspülte und in die Geschirrspülmaschine stellte. »Es ist die fröhlichste Zeit im ganzen Jahr!« Sie stemmte die Hände in die Hüften und schaute zu Grady auf, wobei sie sich fragte, was ihn so zynisch hatte werden lassen. Ihr Ärger verflog schnell, als sie die Verletzlichkeit in seinen Augen aufblitzen sah, ein Blick, der ihr sagte, dass er kein schlechter Mensch war. Er hatte ihr gesagt, wie *er* Weihnachten erlebt hatte, und nur für einen kurzen Augenblick überkam Emily das verrückte Bedürfnis, ihn in die Arme zu nehmen und ihm zu zeigen, dass nicht alle Menschen auf dieser Welt etwas von ihm wollten.

Sogar ich will etwas von ihm! Ich will das Geld für das Zentrum.

»Ich kann nicht gegen Bezahlung mit Ihnen schlafen, Mr. Sinclair«, teilte Emily ihm geradeheraus mit.

»Ich werde eine Million Dollar spenden!«, entgegnete er heiser, während sein großer Körper sich auf sie zubewegte und sie mit dem Rücken gegen die Spüle drückte. »Und ich bin Grady. Ich will nicht, dass du mich Mr. Sinclair nennst! Von uns gibt es zu viele.«

»Das kann ich nicht«, flüsterte sie leise und bereute beinahe ihre Moralvorstellungen. »Und niemand spendet dem JZVA eine Million Dollar.«

»Ich würde es tun!«, polterte er.

Sein Geruch umschloss sie, als er seine Hände auf dem Rand der Spüle abstützte. Sein Duft war so männlich, dass er sie betörte. Grady roch wie das Meer, Pinien und verlockender Moschus, ein Geruch, der *ihm* eigen war.

Ihre Blicke trafen sich und hielten einander stand; die Zeit schien stillzustehen, als Emily anfing, in den strudelnden, geschmolzenen Seen aus Grau zu ertrinken, die sie an einen vom Meer aufziehenden Sturm erinnerten. Er fing sie genauso ein wie ein gewaltiger Sturm und ihr Herz raste, während sie auf die Naturgewalt wartete, die unumgänglich zu sein schien.

Sie glaubte nicht wirklich, dass er ihrem Zentrum eine Million Dollar spenden würde, nur um mit ihr zu schlafen, doch sie war noch niemals zuvor von einem Mann so angesehen worden, als ob er sterben müsste, wenn er sie nicht bekäme. Unglücklicherweise hatte Emily das Gefühl, dass sie ihn auf die gleiche Art und Weise betrachtete.

»Der Freund, der dich bestohlen hat ... hast du ihn geliebt?«, knurrte Grady. Sein Gesicht war eine Maske der Gleichgültigkeit, doch seine Augen sagten etwas ganz anderes.

»Wir waren nur ein paar Wochen zusammen. Und nein, ich habe ihn nicht geliebt. Es ist offensichtlich, dass es ihm nur ums Geld ging. Er hatte kein Interesse an mir.« Es tat weh, doch Emily wusste, dass es die Wahrheit war. In Pauls Spiel war sie nur Mittel zum Zweck gewesen, ein Mensch, der beliebig ausgetauscht werden konnte.

»Hast du mit ihm geschlafen?«, fragte Grady, ohne ein Blatt vor den Mund zu nehmen.

»Nein, natürlich nicht! Ich kannte ihn ja kaum!«, antwortete Emily entrüstet.

»Gut!« Sein ernster Blick verschwand und Zufriedenheit machte sich auf seinem Gesicht breit. »Er ist ein Arschloch!«

Grady war so nahe an sie herangerückt, dass sie seinen warmen Atem auf ihrer Wange spüren konnte. Seine Nähe ließ sie vor Verlangen erbeben.

»Bitte!«, flüsterte sie, auch wenn sie keine Ahnung hatte, um was sie eigentlich bat. Sie wusste nur, dass sie einen wundersamen Drang verspürte, von dem sie sich nicht befreien konnte. Noch immer betört von seinem Duft schlang sie die Arme um seinen Hals und fühlte, wie sich sein muskulöser Körper gegen ihren presste.

Ohne ein weiteres Wort senkte Grady den Kopf und drückte seine Lippen auf ihre. Plötzlich wurde Emily klar, was sie gewollt hatte. Sie gab sich ihm mit einem lustvollen Stöhnen hin und verlor sich vollkommen in den Armen des Scheusals.

Kapitel 2

Seit er sie gesehen hatte, wie sie auf ihrem Hintern vor seiner Haustür gehockt und ihn aus diesen unschuldigen, blauen Augen durch verrutschte Brillengläser mit einem peinlich berührten Blick angesehen hatte, war ihm klar gewesen, dass er diese Frau in seinen Armen halten wollte. Emily Ashworth hatte ausgesehen wie ein Engel, der in seinem Eingangsbereich bruchgelandet war, und er war enttäuscht gewesen, als er sich daran erinnerte, dass Jared gedroht hatte, ihm eine weitere willige Frau ins Haus zu schicken. Das war das Letzte gewesen, das er gewollt hatte ... bis er Emily gesehen hatte. Sein Schwanz hatte fast sofort aufmerksam gezuckt und er hatte diese Frau nur betäuben wollen, um sie sich dann über die Schulter zu werfen und sie so schnell wie nur irgend möglich zu seinem Eigentum zu machen.

Mein!

Während seine Hände durch ihr Haar wanderten, stöhnte er in ihren Mund. Plötzlich löste sich die Spange, die ihr Haar zurückgehalten hatte, und die seidenen Strähnen ergossen sich über seine Finger und streichelten seine Hände wie eine Geliebte. Er verspürte Gier und Verzweiflung, während sein Mund sie schmeckte und seine Zunge versuchte, sie einzunehmen. Sie schmeckte wie Ambrosia und er konnte von ihr nicht genug bekommen. Er wollte sie mit Haut und Haar verschlingen, doch sie hatte bereits Nein gesagt, was ihn nur noch wahnsinniger machte. Diese Frau besaß etwas, das in seine Haut einzudringen schien, während er sie festhielt, und die Eisschicht schmelzen ließ, die sich um sein Herz herum befand. Seine Rastlosigkeit und Einsamkeit, die seine ständigen Begleiter waren, schienen sich in Luft aufzulösen. Es war beglückend und beängstigend zugleich.

Ich bin glücklich allein. Ich tue, was ich will, wann ich es will. Mir gefällt mein Leben so.

Grady machte sich selbst etwas vor und das wusste er. Mit einer plötzlichen Panik löste er seinen Mund von ihrem, eine Anstrengung, die beinahe übermenschlich erschien.

Scheiße! Scheiße! Scheiße! Sich so abrupt von ihr zu entfernen war schmerzhaft gewesen.

Er sah auf ihr zerzaustes Haar und musste sich zusammennehmen, um sich nicht erneut zu ihr herunterzubeugen und sich wieder in ihrer Hitze zu verlieren.

Was zum Teufel ist nur mit mir los?

»Gib mir eine Woche und du bekommst eine Million Dollar von mir!« Dieser impulsive Satz war seinem Mund entschlüpft, ohne dass er darüber nachgedacht hatte. »Kein Sex, aber ich will, dass du hier im Haus bleibst. Zeig mir Weihnachten!« Er hatte plötzlich kein Interesse mehr an einer schnellen Nummer für Geld. Nicht mit ihr, nicht mit Emily. Doch er wollte sie unbedingt nahe an sich heranbringen und sie dort behalten.

Gradys Herz schlug laut in seiner Brust und sein Atem war heftig und schwer.

Sag Ja!

Er beobachtete, wie sie ihre Augenbrauen nachdenklich verzog. »Wie soll ich das machen?«, fragte sie mit leiser *Fick-mich*-Stimme, die ihn beinahe um den Verstand brachte.

Er zuckte mit den Schultern. »Ich weiß es nicht. Ich habe Weihnachten nie wirklich gefeiert. Zumindest nicht so, wie es normale Menschen tun. Zeig es mir aus deiner Perspektive. Tu, was immer du normalerweise tust, aber tu es hier mit mir!«

Oh Gott, ja! Er wollte diese Frau in seiner Nähe haben, solange er sie in seinem Haus halten konnte. Mit ihr fühlte sich sein riesiges Heim ganz anders an. Und auch er fühlte sich anders.

»Und du spendest dem Zentrum wirklich Geld, wenn ich eine Woche mit dir verbringe?«, fragte sie, als würde diese ganze Idee sie verwirren.

»Du bist doch nicht etwa mit jemand anderem zusammen, oder?« Grady fragte wie beiläufig, doch sein Herz zog sich bei dem Gedanken daran zusammen. Gut, der Typ, mit dem sie ausgegangen war, hatte sich gerade mit all ihrem Geld aus dem Staub gemacht, doch es *könnte* ja jemand anderen geben.

»Nein. Es gab nur den Dieb und nicht einmal er hat wirklich mich gewollt«, antwortete sie traurig. Beschämt löste sie ihren Blick von seinem und sah auf seine Brust.

Grady wollte dem Scheißkerl jeden Knochen einzeln brechen. Er legte seine Arme um sie, zog sie an sich heran und streichelte über ihren Rücken, als könnte er sie vor allem Bösen in der Welt beschützen. Wie irgendein Mann diese Frau wegstoßen konnte, war ihm ein Rätsel. »Wurde er gefasst?«

»Nein«, antwortete sie verzweifelt.

»Gib mir seine persönlichen Informationen! Ich werde ihn finden.«

»Die Polizei kann ihn nicht ausfindig machen. Sie sind sich sicher, dass er einen falschen Namen angegeben hat.«

»Ich finde ihn!«, versprach Grady selbstbewusst. Er besaß so viele Verbindungen, dass es niemanden gab, den er nicht aufspüren konnte.

»In der Zwischenzeit gebe ich dir das Geld und du versprichst mir, dass du Weihnachten mit mir verbringst. Was ist mit deiner Familie?«

»Einzelkind, eine späte Überraschung für meine Eltern«, sagte sie mit gedämpfter Stimme gegen seine Brust gepresst. »Meine Mutter und mein Vater sind nicht hier. Sie verbringen den Winter in Florida. Dieses Jahr konnte ich nicht mitfahren.«

Die Trauer in ihrer Stimme weckte in Grady die Entschlossenheit, dieses Weihnachten zu dem besten zu machen, das sie jemals gehabt hatte. Was machte es schon, dass er persönlich eine tiefe Abneigung gegen die Weihnachtszeit verspürte? Emily tat das sehr offensichtlich nicht und sie war dieses Jahr ganz alleine, genau wie er.»Dann verbringe Weihnachten hier mit mir!«

Sie legte den Kopf zurück, sah ihn mit einem ernsten Gesichtsausdruck an und fragte:»Warum ich? Warum das alles?«

»Weil es das ist, was ich will«, antwortete er und wusste, dass es die Wahrheit war.»Und du hast gesagt, du gibst mir das, was ich will.«

»Versprichst du, dass wir keinen Sex haben?«, fragte sie zögerlich.

»Nur wenn du bettelst«, entgegnete er arrogant, auch wenn er anfing sich zu fragen, ob er am Ende nicht derjenige sein würde, der bettelte. Ihre Liebenswürdigkeit brachte ihn in Versuchung und es würde ihm sehr schwerfallen, standhaft zu bleiben und sie nicht zu verschlingen.

Als sie sich von ihm losmachte, sah er, wie sie angesichts seiner Dramatik mit den Augen rollte, woraufhin sich ein unfreiwilliges Lächeln auf seinen Lippen breitmachte.

»Abgemacht! Doch ich werde hier einen Baum aufstellen und meine gesamte Weihnachtsdekoration mitbringen«, teilte sie ihm mit drohender Stimme mit, während Grady sie zur Tür begleitete.»Außerdem findet im Zentrum eine große Weihnachtsfeier statt, zu der ich gehen muss und gehen will. Wenn du möchtest, kannst du mich begleiten. Wenn du das Geld spendest, dann bedeutet es sehr viel. Wir können damit die jährliche Feier retten. Sie ist unheimlich wichtig, besonders für die Kinder.«

Super. Er konnte es kaum erwarten. Grady mied grüne und rote Dekoration wie der Teufel das Weihwasser. Doch wenn es sie zurückbringen würde, durfte sie alles aufhängen, solange *sie* sich nur gleichzeitig mit den roten Schleifen und Mistelzweigen im Haus befinden würde.

Er half ihr in ihren Mantel und zog sich selbst seine schweren Stiefel an, nahm eine Jacke aus dem Schrank und warf sie sich über, während er ihr nach draußen folgte.

»Das ist dein Wagen?«, fragte er irritiert und ließ seinen Blick über die abgefahrenen Reifen des Fahrzeugs schweifen. »Das Ding sieht aus wie eine Todesfalle!«

Die Straßen waren einige Zentimeter hoch mit Schnee bedeckt, nasse und glatte Feuchtigkeit, bei der sie mit diesem Auto nach Hause schlittern würde.

»Ich weiß, wie man bei Schnee fährt«, antwortete sie stur und öffnete ihre Wagentür.

»Du brauchst einen neuen Wagen!«, sagte er unwirsch. Sie durfte in diesem Blechhaufen auf keinen Fall mehr auf die Straße gelassen werden. Seine Hand sauste auf das Fahrerfenster und schlug die Tür zu. Er suchte in seiner Tasche und zog schließlich einen Autoschlüssel hervor. »Nimm meinen Wagen. Die Straßen sind zu glatt, um mit diesen Reifen herumzufahren. Sie haben ja gar kein Profil mehr!«

»Die Reifen machen es noch ein paar Kilometer«, versicherte Emily ihm. »So schlimm ist es gar nicht.«

Sie verteidigte sich und Grady wusste sofort, dass sie sich vermutlich keinen neuen Satz Reifen leisten konnte. »Wirst du nicht bezahlt?«

»Schon, aber ich verdiene nicht viel«, gab sie seufzend zu. »Aber ich mag meine Arbeit!«

»Nimm meinen Wagen oder unsere Abmachung ist geplatzt!«, brummte er und ließ den Autoschlüssel vor ihrem Gesicht herum baumeln.

»Ich kann deinen Wagen nicht nehmen«, protestierte sie hartnäckig.

Er zuckte mit den Schultern. »Ich habe viele Autos.« Er zeigte auf ein riesiges Fahrzeug, das am anderen Ende der Einfahrt geparkt war. »Steig jetzt ein, Emily!«

Widerwillig nahm sie den Schlüssel und atmete tief ein, um ihr nächstes Argument vorzubringen, da begannen ihre Füße wegzurutschen. Grady nahm sie auf seine Arme und trug sie zu seinem Wagen. »Mach die Tür auf!«, befahl er in einem Ton, der keine Widerrede duldete. Sie öffnete die schwere Tür und er setzte sie behutsam auf den Fahrersitz. »Sei vorsichtig!«, wies er sie an,

nachdem er ihr erklärt hatte, wo sich alles in dem Fahrzeug befand.
»Es liegt nicht sehr viel Schnee, doch es ist glatt. Ruf mich an, wenn
du sicher zu Hause angekommen bist!«
»Ich habe deine Nummer nicht«, sagte sie kopfschüttelnd.
»Mobiltelefon!«, befahl er und streckte die Hand aus.
Emily wühlte in ihrer Handtasche und gab es ihm.
Er speicherte ihre Nummer, rief sich selbst von ihrem Telefon
aus an und ließ sein Handy gerade lange genug klingeln, dass seine
Nummer auf ihrem Gerät angezeigt wurde. Dann gab er es ihr
zurück. »Jetzt hast du meine Nummer.« Er zog sein Portemonnaie
aus der Jeanstasche, nahm eine Visitenkarte heraus und übergab
sie ihr. »Nimm die auch!« Er wollte, dass sie alles besaß, auf dem
sein Name geschrieben stand, alles, das sie an ihn erinnern würde,
sowie alle seine Kontaktinformationen, damit sie sich mit ihm in
Verbindung setzen konnte.
»Bist du dir wirklich sicher –«
»Ich werde das Geld morgen auf das JZVA-Konto überweisen
lassen. Gib mir die Kontonummer.« Er würde nicht zulassen, dass
sie zu viel Zeit bekam, um ihre Entscheidung zu überdenken. Er
würde ihr das Geld sofort überweisen, wenn er das Gefühl hätte,
dass sie ihre Abmachung dann noch sicherer einhalten würde. »Du
siehst müde aus. Du brauchst Schlaf.« Er konnte die Sorge auf ihrem
Gesicht erkennen, ebenso wie die kleinen, dunklen Ringe unter ihren
Augen. Es gefiel ihm nicht. Das Bedürfnis, sie glücklich zu sehen, war
fast schon zu einem Zwang geworden, und er war bereit, so gut wie
alles zu tun, um sie lächeln zu sehen und die Anzeichen von Stress
von ihrem hübschen Gesicht verschwinden zu lassen.
Sie schüttelte verzweifelt den Kopf und steckte die Karte in ihre
Handtasche. »Gibt es irgendjemanden, der mit dir streitet oder dir
nicht deinen Willen lässt?«, fragte sie neugierig.
»Normalerweise frage ich gar nicht erst«, antwortete er geradeheraus
und konnte sich nicht zurückhalten, sich herunterzubeugen und
sie zu küssen. Unter seinem Mund wärmten sich ihre Lippen auf
und Grady wollte sie zurück ins Haus zerren und jeden Zentimeter
ihres Körpers aufheizen, bis sie um Gnade flehte. Doch er trat einen

Schritt zurück und wandte seinen Blick ab, während er gleichzeitig die Wagentür schloss, damit nicht noch mehr Kälte eindringen konnte. Sein Beschützerinstinkt war dieses Mal stärker als sein Verlangen.

Er sah den Rücklichtern nach, bis sie in der Ferne verschwunden waren, und wusste, dass sich sein Leben soeben schlagartig verändert hatte. Er war sich nicht sicher, was er – wenn überhaupt etwas – dagegen unternehmen sollte.

Grady schlenderte langsam zurück zum Haus, entledigte sich im Eingangsbereich seiner Stiefel und der Jacke und ging in sein hauseigenes Büro.

Er nahm den Telefonhörer ab und hoffte, dass Simon Hudson zu Hause sein würde. Die beiden hatten sich vor einigen Jahren getroffen und sich sofort angefreundet. Simon hatte eine sehr erfolgreiche Reihe von Computerspielen herausgebracht, die sich noch immer sensationeller Beliebtheit erfreute, während Simons Bruder und Geschäftspartner Sam ein Unternehmen gegründet hatte, das sich auf Risikokapitalanlagen spezialisierte, die gleiche Sache, die Evan gemacht hatte, um von einem Multimillionär zu einem Milliardär aufzusteigen. Grady und Simon waren sich sympathisch gewesen, weil sich die beiden schüchternen Computerfreaks damals so ähnlich gewesen waren. Doch seit Simon Kara getroffen, geheiratet und sie vor Kurzem ihr gemeinsames Baby zur Welt gebracht hatte, war Simon ein anderer Mensch geworden. Es hatte eine Zeit gegeben, in der Simons einzige Liebe in seinem Computer bestanden hatte und in seiner Entschlossenheit, die anspruchsvollsten Computerspiele zu programmieren, die es auf dem Markt gab. Und er war damit weit über sein Ziel hinausgeschossen. Doch jetzt war Simon vollkommen von seiner Frau und seinem Kind besessen. Grady hatte gehofft, dass er darüber hinwegkommen würde, dass die Neuheit der Beziehung irgendwann abklingen und er sich wieder in den sensiblen Freund verwandeln würde, den er gekannt hatte, bevor Kara in Simons Leben getreten war. Das war nicht geschehen und auch wenn er und Simon noch immer miteinander sprachen, konnte Grady sich die Besessenheit seines Freundes von einer Frau überhaupt nicht erklären. Bis jetzt.

Mit dem Hörer am Ohr drückte Grady in seinem Büro auf die Schnellwahltaste und wusste, dass Simon Hudson der Einzige war, der eine beinahe urplötzliche Besessenheit von einer weiblichen Person verstehen konnte.

Grady ignorierte Simons jähe Begrüßung und platzte sofort heraus: »Mit mir stimmt etwas nicht! Ich habe heute diese Frau getroffen und jetzt fühle ich mich nicht mehr wie ich selbst. Mir ist wirklich schlecht geworden, als sie gegangen ist. Scheiße! Vielleicht kriege ich die Grippe. Was zum Teufel soll ich denn jetzt machen?« Grady beendete seinen Monolog mit dem letzten Rest Luft, den er in seiner Lunge mobilisieren konnte.

Simon war einen Moment lang still, dann hörte Grady endlich ein bösartiges Lachen am anderen Ende der Leitung. Grady ließ sich in seinen Bürostuhl fallen, legte die Füße auf den Schreibtisch und wartete darauf, dass Simon aufhören würde, brüllend zu lachen.

»Heirate sie!«, antwortete Simon und seine Stimme klang tatsächlich heiter. »Warte nicht so lange, wie ich es getan habe. Wirf sie dir über die Schulter und nimm sie dir, kratzend und beißend wenn es sein muss, und schleppe sie zum nächstgelegenen Standesamt. Erlöse dich so schnell es geht von dieser Qual, Kumpel!«

»Ich habe diese Frau gerade erst getroffen«, sagte Grady irritiert.

»Das spielt keine Rolle. Wenn sie dich jetzt schon verrückt macht, dann bist du verloren. Würdest du alles tun, nur um sie wiederzusehen?«, fragte Simon.

»Absolut!«, gab Grady zu. »Ich habe angeboten, ihrem Wohltätigkeitsverein eine Million Dollar zu spenden, um Weihnachten mit ihr zu verbringen.«

Simon pfiff anerkennend. »Dich hat es schwer erwischt. Du hasst Weihnachten!«

»Ich weiß«, sagte Grady zerknirscht. »Doch sie wollte nicht mit mir schlafen, da bin ich verzweifelt.«

»Glaub mir, der Sex macht alles nur noch schlimmer. Wenn du einmal mit ihr geschlafen hast, willst du sie immer wieder, jede Minute des Tages.« Simon zögerte, bevor er fragte: »Ist sie es wert?«

Grady dachte eine Weile über seine Frage nach, während er sich an Emilys verletzten Gesichtsausdruck erinnerte und daran, wie glücklich er sich gefühlt hatte, sie einfach nur anzusehen und ihren Körper an seinem zu spüren. »Ich denke schon. Ich meine, ich habe sie ja gerade erst kennengelernt, es ist also schwer zu sagen. Sie scheint meine Einsamkeit verschwinden zu lassen und sie hat mich zum Lächeln gebracht. Sie ist –«, er pausierte einen Moment lang, bevor er zu Ende sprach, »– anders. Ganz anders als jede Frau, die ich bisher kennengelernt habe. Sie hat nach einer Spende für ihre Organisation gefragt, doch sie schien kein Interesse daran zu haben, was für sie dabei herausspringen könnte. Sie hat es abgelehnt, mich gegen Bezahlung zu vögeln! Und das hat mich tatsächlich gefreut. Warum zum Teufel würde mich das freuen? Ich will sie in der Horizontalen haben!«

»Vielleicht weil du willst, dass sie dich mag?«, vermutete Simon.

»Außer dir mag mich niemand«, antwortete Grady verstimmt.

»Wer sagt, dass ich dich mag? Manchmal kannst du ein richtiges Arschloch sein!«, antwortete Simon belustigt.

»Und du bist das nicht?«, schoss Grady automatisch zurück. Er war es gewohnt, sich mit Simon zu messen.

»Wenn sie dazu bereit ist, deinen störrischen Hintern auszuhalten, würde ich dir raten, sie zu heiraten. Ich habe dreiunddreißig Jahre gebraucht, um eine Frau zu finden, die mich tolerieren kann«, sagte Simon glücklich.

»Ich bin erst einunddreißig. Und ich finde, dass deine Ehe etwas mehr ist als nur Toleranz«, sagte Grady, nahm die Füße vom Schreibtisch und drehte sich nervös in seinem Stuhl herum. Er hatte mit Simon nie sehr viel über Kara gesprochen, weil er nie verstanden hatte, warum sein Freund so besessen von ihr war.

»Ja. Sie liebt mich und ich bin ein glücklicher Mistkerl!«, antwortete Simon nicht ohne Arroganz in der Stimme.

Grady zögerte kurz, bevor er widerwillig fragte: »Geht es jemals vorbei? Du weißt schon, dieses besitzergreifende, verrückte Gefühl, das du bekommst, wenn du zum ersten Mal einer Frau begegnest, die diese Emotionen in dir auslöst?«

»Nein«, sagte Simon ernst. »Das tut es nicht. Je näher du sie an dich heranlässt, umso schlimmer wird es. Doch wenn sie genauso für dich empfindet, ist es das wert. Du wirst dich nie mehr einsam fühlen, Kumpel.«

Grady dachte eine Weile über Simons Worte nach und fragte sich, wie genau sich *das* wohl anfühlen würde. Seine Geschwister standen ihm sehr nahe, doch sie hatten alle ihr eigenes Leben und es kam selten vor, dass sie alle zusammen waren. Wie wäre es, wenn er sich wirklich nicht mehr allein fühlen würde, wenn er wirklich eine Verbindung mit jemandem hätte, der ihn als Mensch komplettierte? Er hatte tatsächlich noch nie darüber nachgedacht, war mit seinem Leben noch niemals wirklich unglücklich gewesen, doch er hatte immer gewusst, dass *etwas* fehlte. Irgendwo in seinem Inneren klaffte ein riesiges Loch, das nicht einmal durch die Liebe zu Computern oder seinen Geschwistern gefüllt werden konnte, und nachdem er Emily getroffen hatte, kam ihm diese Leere auf einmal sehr schmerzhaft vor.

»Erzähl mir, wie es zwischen dir und Kara war«, bat Grady leise. Er wollte hören, wie es für Simon gewesen war, bevor dieser endlich das Glück gefunden hatte. Er und Simon waren zwar Freunde, doch für gewöhnlich sprachen sie nur über Computer. Grady war durch die Entwicklung zahlreicher sehr erfolgreicher Online-Unternehmen und deren späteren Verkauf zum Milliardär geworden und ihre Gespräche drehten sich die meiste Zeit um die Arbeit.

Vielleicht ist das so, weil das alles ist, was ich mache.

Doch seine Gedanken beschäftigten sich nicht mit der Arbeit und er wollte über Simons Leben und die Ehefrau sprechen, die seinen Freund von Grund auf verändert hatte.

Überraschenderweise fing Simon an zu erzählen und hörte erst nach mehr als einer Stunde auf, in der er kaum Luft holte und eine Geschichte nach der anderen preisgab. Als er einmal angefangen hatte, schien es Simon nicht mehr möglich zu sein aufzuhören, über Kara und seine kleine Tochter zu sprechen.

Als Grady auflegte, war er sich nicht sicher, ob er sich fürchten oder erleichtert sein sollte. Allein zu sein schien so viel einfacher und so viel weniger kompliziert zu sein, als wegen einer Frau alles stehen und liegen zu lassen, so wie Simon es getan hatte.

Aber auf der anderen Seite bin ich auch nicht glücklich wie Simon. Er sah zur Uhr hinauf und bemerkte mit einem Mal, wie viel Zeit vergangen war, seit Emily sein Haus verlassen hatte. Er stand auf und sah hinaus. Der Sturm war nun mit absoluter Sicherheit in Amesport angekommen und er war stark. Der Wind heulte und der Schnee wurde so wild durcheinandergewirbelt, dass man nicht die Hand vor den Augen erkennen konnte.

Sie hat mich nicht angerufen.

Bilder einer verletzten oder mit dem Auto am Straßenrand liegengebliebenen Emily schossen ihm durch den Kopf, ein Gedanke fürchterlicher als der andere.

Panikartig nahm er sich sein Mobiltelefon und speicherte die Nummer ein, die er von ihr erhalten hatte. Danach steckte er sein Telefon zurück in die Hosentasche und wanderte unruhig umher wie ein eingesperrter Löwe, nicht ohne alle zehn Sekunden aus dem Fenster zu schauen.

Sie wird anrufen. Sie ist vermutlich nur beschäftigt.

»Ach, scheiß drauf!«, flüsterte Grady wütend, nachdem er länger gewartet hatte, als er aushielt. Er zog erneut sein Telefon aus der Tasche und wählte ihre Nummer.

Er hatte es geschafft, genau zwei Minuten zu warten, nachdem er sein Gespräch mit Simon beendet hatte, bevor er Emily anrief, um sich zu vergewissern, dass sie sicher zu Hause angekommen war.

»Hallo?«, antwortete Emily und klang außer Atem.

Gradys Sorge verwandelte sich in Erleichterung. »Du hast mich nicht angerufen«, brummte er verstimmt. »Du solltest mich doch wissen lassen, dass du sicher zu Hause angekommen bist!«

»Ich bin gerade erst eingetroffen. Ich musste noch einige Dinge erledigen«, sagte Emily nüchtern. »Es tut mir leid. Hast du dir Sorgen gemacht?«

Er sollte Nein sagen. Er könnte ihr sagen, dass er gerade kurz Zeit gehabt hatte und deswegen anrief. Er sollte locker wirken und sie nicht wissen lassen, dass er sich vorstellte, wie sie blutüberströmt in irgendeinem Straßengraben lag. Es gab viele Ausreden, die er wegen des Telefonanrufs hätte nutzen können, doch er antwortete einfach: »Ja. Ein wenig. Es ist schon eine Weile her, seit du dich auf den Weg gemacht hast.« Aus irgendeinem Grund wollte er Emily nicht anlügen.

»Ich bin jetzt zu Hause.« Ihre Aussage wurde durch das Geräusch einer zuschlagenden Tür bestätigt. »Danke, dass du dir Sorgen gemacht hast, ob ich heil nach Hause gekommen bin. Das ist sehr aufmerksam.«

Er sollte ihr sagen, dass er ganz und gar nicht aufmerksam war. Er war ein selbstsüchtiger Wichser, der den Gedanken nicht ertragen konnte, dass sie irgendwo verletzt lag oder mit dem Wagen liegengeblieben war, weil er sie egoistischerweise für sich haben wollte. Doch das sagte er ihr nicht. Ihm gefiel die schmerzende Süße ihres Kommentars zu sehr. Simon hatte Recht. Grady wollte wirklich, dass Emily ihn mochte. »Was hast du gekauft?«, fragte er neugierig, als er das Geräusch von knisternden Tüten im Hintergrund vernahm.

»Haushaltskram. Nichts Spannendes«, antwortete sie lachend. »Langweiliges Zeug, das für dich ziemlich uninteressant wäre.«

Er fand *alles* an ihr interessant. Grady ließ sich in einen Lehnsessel fallen und dachte, dass ihn jedes noch so kleine Detail an Emily faszinierte. Er wollte wissen, was sie gekauft hatte, wo sie angehalten hatte und was für Dinge ihr gefielen. Und er wollte ihr dunkles, sexy Lachen die ganze Nacht lang hören. »Es interessiert mich. Erzähl's mir!« In diesem Moment wollte er nur ihre Stimme vernehmen. Sie würde seinen Schwanz vermutlich steinhart werden lassen, doch gleichzeitig beruhigte sie ihn auch.

Er wurde nicht enttäuscht. Emily begann zu erzählen. Irgendwann gab sie ihm die Kontodaten des Zentrums durch, doch danach unterhielten sie sich noch weiter. Während Grady sich in dem Gespräch mit Emily verlor, legte seine Ruhelosigkeit sich langsam.

Kapitel 3

Die Buchung über eine Million Dollar erschien am nächsten Morgen auf dem JZVA-Konto. Tatsächlich war das Geld eingezahlt worden, kurz nachdem Emily bei der Arbeit erschienen war. Sie hatte beinahe fünfzehn Minuten lang erstaunt auf den Kontostand des Zentrums gestarrt, bevor sie sich aus der Webseite ausgeloggt hatte. Grady hatte es tatsächlich getan. Er hatte eine Million Dollar gespendet.

Die Sendung wurde am Nachmittag von einem Jugendlichen gebracht, der eigentlich bei dem ortsansässigen Floristen arbeitete, sich jedoch dazu bereit erklärt hatte, eine Auslieferung für Dr. Pope, einen der Optiker in der Stadt, zu erledigen. Der Junge mit den sandfarbenen Haaren hatte ihr zugezwinkert, als er ihr den Umschlag übergab, und als Emily gerade nach Trinkgeld kramte, ihr frech mitgeteilt, dass es sich um eine Lieferung handelte, die sehr gut bezahlt worden war.

Sie besah sich den großen Brief von allen Seiten, konnte sich jedoch nicht erklären, *warum* sie eine Zustellung erhalten hatte. Ihr Name stand deutlich darauf geschrieben und der Jugendliche, der ihn ihr gebracht hatte, war angewiesen worden, ihn ihr persönlich zu übergeben.

Sie riss den braunen Umschlag auf, zog den Inhalt vorsichtig heraus und legte alles vor sich auf ihrem Schreibtisch ab. Da waren zwei Kästchen, von denen sie das eine öffnete, und für einen Augenblick erstarrte, während sie auf eine elegante Brille mit einem hinreißenden, zierlichen Rahmen herabsah. Sie hatte diese Brille in Dr. Popes Laden anprobiert und sich gegen sie entschieden, weil sie zu unpraktisch war. Der wahre Grund, warum sie die Brille nicht genommen hatte, war jedoch der Preis gewesen. Diese Brille war sehr viel schicker und mit Sicherheit um ein Vielfaches teurer als das, was sie sich ausgesucht hätte. *Was zum Teufel?* Sie nahm hastig ihre alte Brille ab und setzte sich die neue auf die Nase. Sofort wurde alles um sie herum sehr viel schärfer. Ihre Brille war alt und die Gläser waren zerkratzt, doch sie hatte vor einigen Monaten eine ihrer Kontaktlinsen verloren und wartete nun darauf, dass sie sich einen neuen Satz Linsen leisten konnte. Als sie das andere Kästchen öffnete, war sie nicht sonderlich überrascht zu sehen, dass es zahlreiche Kontaktlinsenpaare enthielt, und sie war sich sicher, dass sie die richtige Stärke besaßen. Dr. Pope wusste ganz genau, was sie brauchte. Sie hatte erst vor einigen Monaten einen Sehtest gemacht und sparte nun jeden Monat etwas Geld, um das zu kaufen, was sie zum Korrigieren ihrer Sehschwäche benötigte.

Emily kreischte so laut, dass Randi aufgeregt in ihr Büro gelaufen kam. Auf ihrem Gesicht stand die Panik geschrieben. »Was ist passiert?«, fragte sie außer Atem.

»Ich habe eine neue Brille bekommen! Und Kontaktlinsen! Ich kann nicht glauben, dass meine Eltern das für mich getan haben! Sie haben nur eine kleine Rente, von der sie leben. Sie können sich das eigentlich nicht leisten.« Bei dem Gedanken, dass sich ihre Eltern für sie aufopferten, füllten sich Emilys Augen mit Tränen. Sie konnte sich nicht einmal daran erinnern, ihnen erzählt zu haben, dass sie eine ihrer alten Kontaktlinsen verloren hatte. Normalerweise vermied sie es, schlechte Nachrichten zu verbreiten. Ihre Eltern waren alt geworden und sie versuchte, ihnen nur die fröhlicheren Dinge zu erzählen, weil sie sich sonst Sorgen machten.

Randi trat an ihren Schreibtisch und besah sich den Inhalt des Umschlags. »Ähm ... also ... ich glaube nicht, dass diese Sendung von deinen Eltern stammt.« Randi wedelte mit einer Karte, die sich im Umschlag befunden hatte, und überreichte sie Emily.

Es war eine Karte von Dr. Pope, doch auf der Rückseite standen in Handschrift Grady Sinclairs Name und das Wort *Bezahlt*.

»Grady? Wieso?«, flüsterte sie und strich mit ihrem Zeigefinger über die Karte.

Randi zog eine Augenbraue hoch und fragte neugierig: »Gibt es da etwas, das du mir über deinen kleinen Besuch bei Grady Sinclair nicht verraten hast?«

Emily hatte Randi zuvor gebeten, Grady niemals wieder anders zu nennen als bei seinem richtigen Namen. Er hatte ihr den Hintern gerettet und mit lediglich ihrer Gesellschaft an Weihnachten nur sehr wenig im Gegenzug verlangt. Und warum er ausgerechnet *das* wollte, hatte sie immer noch nicht herausgefunden. »Nein. Wir haben uns unterhalten. Er hat mich dazu gedrängt, seinen Wagen zu nehmen, weil er sich wegen meiner abgefahrenen Reifen um meine Sicherheit gesorgt hat. Und dann bin ich gegangen.« Gut, sie verschwieg das klitzekleine Detail, dass Grady sie mit einer Frau verwechselt hatte, die Sex gegen Bezahlung anbietet. Und sie würde ebenfalls nicht erwähnen, dass er sie geküsst hatte. So wie sie Randi kannte, würde sie die Situation vollkommen falsch interpretieren. Es war nur ... ein Kuss. Es war ja nicht so, als hätte Grady Sinclair tatsächlich Interesse an *ihr*.

»Es ist sehr offensichtlich, dass du einen ziemlichen Eindruck hinterlassen hast«, zog Randi sie auf.

»Ich kann das nicht behalten. Warum hat er das getan?« Emily nahm die neue Brille ab.

»Du brauchst sie! Behalte sie!« Randi griff heimlich nach Emilys alter Brille und ließ sie in ihrer Tasche verschwinden. »Nur damit du es weißt, ich werde deine alte Brille an einem geheimen Ort verstecken und sie dir nur in einem absoluten Notfall aushändigen. Und jetzt ... brauchst du sie gerade nicht.« Sie kicherte leise und verließ Emilys Büro.

»Miranda Tyler, bring mir sofort meine Brille zurück!« Emily setzte die neue Sehhilfe auf und ging hinter Randi her, nur um festzustellen, dass ihre Freundin ihre Sachen genommen und sich in Windeseile aus dem Staub gemacht hatte.

»Verdammt!« Sie ging zurück in ihr Büro und ließ sich auf ihren Stuhl fallen. Würde sie die Brille überhaupt zurückgeben können, wo sie doch speziell für sie angefertigt worden war? Wahrscheinlich nicht. Und es würde für sie sehr schwer werden, das Geld aufzutreiben, um alles abzubezahlen.

Grady hat bezahlt. Ich muss ihm das Geld geben. Warum hat er das getan?

Emily kramte in ihrer Handtasche und zog Gradys Visitenkarte hervor. Er hatte sie gestern Abend angerufen und beinahe etwas enttäuscht geklungen, dass sie sich nicht bereits bei ihm gemeldet hatte, um ihm mitzuteilen, dass sie zu Hause angekommen war. Sie hatte zunächst noch am Supermarkt angehalten und war gerade zur Tür hereingekommen, als ihr Mobiltelefon geklingelt hatte. Er hatte sich die Kontonummer des Zentrums geben lassen und danach hatten die beiden sich noch zwei weitere Stunden über Gott und die Welt unterhalten. Er war ein guter Zuhörer und hatte sie ermutigt, über ihre Eltern zu sprechen und wie es gewesen war, in Amesport aufzuwachsen. Er hatte ebenfalls viele Fragen über die Kurse gestellt, die im Zentrum angeboten wurden. Überraschenderweise schien es ihn wirklich zu interessieren, welchen Einfluss diese Kurse auf die Gemeinde hatten. Grady Sinclair war direkt, ruppig und, gut, er konnte vielleicht etwas schroff und einschüchternd sein, doch das Problem war ... sie mochte ihn tatsächlich. Das Bild, das die Öffentlichkeit von ihm hatte, war falsch und Grady war ebenfalls ein Schwindler. Unter seiner rauen Schale verbarg sich ein Mann mit einem guten Herzen, dessen war sich Emily sehr sicher. Er besaß keinen künstlichen Charme oder aufgesetzte Freundlichkeit, was ihn nur noch anziehender machte. Die ganze Zeit war er komplett männlich und alles Weibliche in ihr reagierte darauf, reagierte auf ihn.

Sie schüttelte ihren Kopf über ihre eigene Dummheit, legte seine Visitenkarte auf ihren Schreibtisch und begann, eine E-Mail zu schreiben.

Lieber Mr. Sinclair,
vielen Dank für Ihre großzügige Spende an das Jugendzentrum von Amesport.
Ihre Sendung ist heute bei mir eingegangen. Ich hoffe, Sie akzeptieren für den Inhalt eine Zahlungsvereinbarung. Auch wenn ich vorgehabt hatte, einige Produkte von Dr. Pope zu erwerben, so hatte ich dennoch nicht geplant, es sofort zu tun. Für mich stellt es eine unvorhergesehene Ausgabe dar, die ich in meinem Budget nicht eingeplant hatte. Wäre es möglich, Ihnen den Betrag in monatlichen Raten zurückzuzahlen?
Mit freundlichen Grüßen
Emily Ashworth

Seine Antwort war wenige Minuten später in ihrem Posteingang.

Emily,
deine Brillengläser sind zerkratzt und du brauchst eine neue Brille. Als ich noch jünger war, habe ich selbst eine Brille getragen, und es ist nervig, ständig um die Kratzer herum sehen zu müssen. Wenn du versuchst, mir das Geld zurückzuzahlen, dann werde ich einen Weg finden, um meine Spende rückgängig zu machen. Und unter dieser E-Mail-Adresse gibt es keinen Mr. Sinclair.
G.

Emily wusste, dass sie wütend sein sollte, doch als sie seine Antwort las, fing sie laut an zu lachen. Professionelle Höflichkeit existierte bei Grady einfach nicht. Er kam sofort zur Sache. Sie schickte blitzschnell eine Antwort.

Mr. Sinclair,
wir haben die Bedingungen unserer Vereinbarung besprochen
und die Sendung stellte keinen Teil des mündlichen Vertrags
dar. Akzeptieren Sie die Ratenzahlung oder nicht?
Mit freundlichen Grüßen
Emily Ashworth

Nur wenige Sekunden später erhielt sie Antwort.

Emily,
nein, ich akzeptiere sie nicht. Die Vereinbarung war niemals
in Stein gemeißelt und kann noch immer verhandelt werden.
Ich erinnere mich sehr genau daran, dass du gesagt hast,
du würdest tun, was in deiner Macht steht, um mir das zu
beschaffen, was ich will. Das ist eine ziemlich allgemeine
Aussage. Ich will dir die Brille und die Kontaktlinsen schenken.
Und damit ist das Thema beendet. Ich will ebenfalls, dass du
mich Grady nennst, oder du wirst später dafür bezahlen, dass
du meinem Wunsch nicht nachgekommen bist.
G.

Emily benötigte einige Minuten, um sich wieder zusammenzureißen.
Sie war von seiner offenen Antwort schockiert und fand sie jedoch
gleichzeitig sehr komisch. Sie konnte es einfach nicht gut sein lassen
... sie antwortete.

Grady,
wie wirst du mich dafür bezahlen lassen, wenn ich dich
weiterhin Mr. Sinclair nenne?
Emily

Dieses Mal erhielt sie sofort eine neue Nachricht.

F. A. Scott

Emily,
mach nur so weiter und du wirst es herausfinden.
G.

Oh, Emily geriet in Versuchung. Grady testete seine Grenzen aus und sie wollte dagegenhalten. Doch ihn herauszufordern war sowohl für ihr körperliches als auch ihr geistiges Wohlbefinden gefährlich. Er faszinierte sie, doch gleichzeitig verwirrte er sie auch.

Es kribbelte ihr in den Fingern, ihm erneut zu antworten, doch stattdessen löschte sie die E-Mails und schloss ihr E-Mail-Programm. Sie war fest entschlossen, ihre Anziehung zu ihm zu ignorieren. Sie war es nicht gewohnt, dass ein Mann irgendetwas für sie tat, und Gradys Geschenk war ihr unangenehm. Es war zu aufmerksam, zu verständnisvoll. Allein die Tatsache, dass er solch eine Kleinigkeit an ihrer Brille bemerkt hatte, machte sie sprachlos. Mit ihren achtundzwanzig Jahren war sie keine Jungfrau mehr. Auf dem College hatte sie einen festen Freund gehabt und einen weiteren, nachdem sie ihren Abschluss gemacht hatte, doch keiner von ihnen war auch nur annähernd wie Grady Sinclair gewesen.

Emily seufzte, nahm die Brille ab und setzte die Kontaktlinsen ein. Sie war froh, wieder eine klare Sicht zu haben, und die Stärke war genau richtig. Nicht dass sie von Grady irgendetwas anderes erwartet hätte.

Sie verstaute die Brille vorsichtig in ihrer Handtasche und versuchte, sich wieder ihrer Büroarbeit zu widmen, doch für den Rest des Nachmittags schweiften ihre Gedanken immer wieder ab und sie tagträumte darüber, was Grady sich wohl für ihre Bestrafung ausgedacht haben könnte. Es bestand die Chance, dass es ihr möglicherweise gefallen könnte.

»Ich will meinen Wagen zurück!«, teilte Emily Grady ärgerlich mit und stampfte mit dem Fuß auf. Für Grady sah das Ganze sehr nach einem weiblichen Wutanfall aus, doch er war sich nicht ganz sicher.

Die meisten Frauen, die er kannte, nahmen sich einfach alles und stritten nicht darüber.

Emily war gerade erst angekommen und hatte ihren Koffer sowie Kisten mit roter und grüner Dekoration mitgebracht. Sie trug einen Pullover mit Weihnachtsmotiv, der ihn nicht anmachen sollte, was er aber tat. Sie war von Kopf bis Fuß weihnachtlich gekleidet, von ihren Glöckchen-Ohrringen bis hin zu den Weihnachtssocken, die er nun deutlich sehen konnte, nachdem sie ihre Turnschuhe an der Tür ausgezogen hatte. Grady beschloss, dass es eine Sache gab, die ihm an Weihnachten jetzt gefiel – Emily. Auch wenn sie ihn anblitzte, sah sie wundervoll herausgeschmückt aus für die Festtage.

In den vergangenen zwei Wochen hatte Grady gedacht, er würde verrückt werden. Sein einziger Kontakt zu Emily hatte in einem kurzen Telefongespräch bestanden, in dem sie ihm mitgeteilt hatte, wann sie bei ihm ankommen würde. Dieses Gespräch hatte sein Bedürfnis nach ihrer Nähe in keiner Weise befriedigt. Er hatte so lange auf diesen Tag gewartet und jetzt war sie sauer auf ihn. Doch er weigerte sich nachzugeben und wenn er ehrlich war, dann fand er ihr Temperament ziemlich bezaubernd und sexy. »Nein. Ich habe dir den Wagen bereits überschrieben.« Er hielt ihr den rosafarbenen Fahrzeugschein hin, doch sie starrte auf das Papier, als wäre es eine Schlange, die nur darauf lauerte, sie zu beißen. »Dein Wagen war nicht sicher. Du fährst mein Auto schon seit zwei Wochen. Wenn es dir nicht gefällt, dann besorge ich dir ein anderes.«

»Natürlich gefällt es mir! Es ist groß; es ist mit allem ausgestattet, was man sich nur wünschen kann. Meine Güte, es hat sogar beheizbare Ledersitze, um meinen Hintern warmzuhalten. Doch darum geht es nicht! Der Wagen gehört mir nicht! Ich habe ihn nur gefahren, weil ich mein eigenes Auto nicht zur Verfügung hatte. Du hast mir gesagt, dass wir die Autos tauschen, wenn ich zu Weihnachten hierherkomme.«

»Ich habe gelogen«, sagte er und fühlte sich nicht ein kleines bisschen schuldig. Er würde ihr auf gar keinen Fall ein unsicheres Fahrzeug überlassen. Sie hatte die Hände in ihre ausladenden Hüften gestemmt und ihre Augen starrten auf das Papier, das er ihr noch immer hinstreckte, doch sie machte keinerlei Anstalten, es zu nehmen. »Nimm schon! Eines der Dinge, die ich will!«, sagte er und wedelte mit dem Schein vor ihrer Nase herum.

»Ich will meinen Wagen. Wo ist er?« Sie ignorierte weiterhin das Papier, das ihr hingehalten wurde, und warf ihm einen sturen Blick zu.

Grady dachte, dass *jetzt* möglicherweise nicht der richtige Zeitpunkt war, um ihr zu sagen, dass sich ihr Auto wohl auf irgendeinem Schrottplatz in einer anderen Stadt befand. »Er ist nicht mehr hier. Diese Blechkiste war nicht sicher für den Straßenverkehr.«

»Der Wagen war absolut sicher. Ich hätte nur neue Reifen gebraucht. Gib ihn mir zurück!«

Grady grinste. »Oder was? Willst du mich verhaften lassen, weil ich dir ein besseres Auto geschenkt habe?«

»Du hast mein Fahrzeug gestohlen!«, beschuldigte sie ihn und schlug seine Hand weg, in der er noch immer den Fahrzeugschein für ihren neuen Wagen hielt.

»Ich habe einen Haufen Schrott gegen ein brandneues Auto getauscht. Es hat nur einige hundert Kilometer auf der Uhr«, erklärte er ihr ruhig.

»Warum tust du mir das an?«, fragte sie ihn. Ihre tiefblauen Augen sahen verwirrt und verletzlich aus.

Oh Gott! Auch wenn er es genoss, sie feurig und wütend zu sehen, so mochte er es ganz und gar nicht, wenn sie traurig war. Diese großen, blauen Augen versetzten ihm einen Schlag in die Magengegend, weshalb er schnell den Fahrzeugschein in die Gesäßtasche ihrer Jeans stopfte und sie in die Arme nahm.

Er setzte sich auf das Ledersofa und zog sie auf seinen Schoß. »Was habe ich getan? Ich habe gedacht, dass du glücklich darüber wärst, ein neueres Auto zu haben. Deins war Schrott«, brummte er leise, während er ihr engelsgleiches Gesicht beobachtete, wie sie ihn anstarrte und versuchte, von seinem Schoß aufzustehen. »Beweg dich nicht!«, forderte er und hielt sie fester, doch nicht so fest, dass er ihr wehtun würde. Ihren runden Po an seinem steinharten Schwanz zu spüren kam einer Tortur gleich, doch ihren warmen, weichen Körper gegen seinen drücken zu können, war diese Qual wert. »Ich wärme deinen Hintern!«, informierte er sie mit, wie er hoffte, lockerer Stimme. »Ich dachte, dir gefällt das.«

Emily hörte auf, sich zu bewegen, und drehte ihren Kopf, um Grady anzusehen. Wenige Sekunden später brach sie in schallendes Gelächter aus, das ihren gesamten Körper erbeben und ihr die Tränen über die Wangen kullern ließ. »Denk bloß nicht, dass du gewonnen hast, ich will meinen Wagen immer noch zurückhaben. Doch ich muss ehrlich sagen, dass mir noch niemals jemand angeboten hat, mein Powärmer zu sein«, lachte sie, während sie immer noch versuchte, wieder zu Atem zu kommen.

»Dein Wagen kann nicht zurückgeholt werden. Du wirst den neueren nehmen müssen«, antwortete Grady. Selbst wenn er das Auto zurückbekommen könnte, würde er es nicht tun. Auf gar keinen Fall würde seine Frau während des Winters in Maine in diesem Schrotthaufen durch die Gegend fahren. »Die meisten Menschen wären froh darüber, einen verlässlicheren Wagen zu besitzen.« Er verstand ihre Wut wirklich nicht. »Warum kannst du es nicht einfach als Weihnachtsgeschenk ansehen? Du bist doch diejenige, die gesagt hat, dass es an Weihnachten darum geht zu geben. Du bist nicht gerade glücklich darüber, ein Geschenk erhalten zu haben!«

»Es ist zu viel, Grady!«, antwortete sie ihm mit ernstem Gesicht, doch aus ihren blauen Augen strömte die Wärme, als sie mit ihrer Handfläche über die Bartstoppeln an seinem Kinn streichelte. »Ich weiß es wirklich zu schätzen, aber ich kann kein Geschenk annehmen, das so teuer ist.«

Er zuckte mit den Schultern. »Für mich ist es nicht teuer. Sollte ein Geschenk nicht relativ zu dem sein, was sich jemand leisten kann? Ich besitze noch andere Autos. Ich habe sogar noch einen anderen Geländewagen. Er würde mir sowieso nicht fehlen.« Es war die Wahrheit. Nachdem er sich dazu entschlossen hatte, ihr den Wagen zu schenken, den sie gefahren hatte, war er losgezogen und hatte sich das gleiche Fahrzeug noch einmal gekauft.

Emily seufzte, ihre Augen suchten sein Gesicht. »Wir beide stammen wirklich aus zwei verschiedenen Welten. Ich kann mir nicht einmal vorstellen, so viel Geld zu besitzen! Ich muss mir alles ganz genau einteilen.«

»Ich muss nicht auf mein Geld achten. Ich stelle einfach nur einen Scheck aus und vermisse das Geld nie. Bitte nimm das Auto, Emily! Lass mir meinen Frieden, damit ich weiß, dass du bei diesem schlechten Wetter sicher unterwegs bist. Bitte!«, bat Grady leise und hoffte, dass sie Ja sagen würde.

»Habe ich eine Wahl?«

»Nicht wirklich. Ich vermute, deine Blechkiste ist bereits zu Altmetall verarbeitet worden.«

Emily seufzte resigniert. »Gib mir ein wenig Zeit, okay? Ich bin nicht gerade glücklich darüber, dass du diese Entscheidung getroffen hast, ohne zuerst mit mir darüber zu sprechen.«

Grady zuckte mit den Schultern. »Du hättest Nein gesagt und das hätte ich nicht akzeptiert. So war es einfacher.« Sie konnte sich auch gleich daran gewöhnen. Er würde beschützen, was ihm gehörte, und was ihn betraf, gehörte sie bereits zu ihm. Er wusste, dass *er* bereits zu ihr gehörte, ob sie ihn nun wollte oder nicht.

Sie nahm seine Hand und verwebte ihre Finger mit seinen. Grady sah, wie die Tränen über ihr schönes Gesicht liefen.

Scheiße!

»Ich weiß nicht, wie ich damit umgehen soll!«, sagte Emily deprimiert.

»Womit?«, fragte Grady verwirrt.

»Ich verstehe es nicht. Ich verstehe nicht, warum du das tust. Ich bin es gewohnt, meine Probleme selbst zu lösen, und ich bin nicht daran gewöhnt, jemanden zu haben, den es kümmert, ob ich ein altes Auto fahre oder ob meine Brillengläser zerkratzt sind. Ich finde es merkwürdig, dass ein Mann existiert, der bereit ist, eine Million Dollar zu spenden, nur um Weihnachten mit mir zu verbringen, und mir dabei gleichzeitig den Hintern und vermutlich sogar meinen Job rettet, nachdem ein anderer Mann mich nur benutzt hat, um schnell an Geld zu gelangen.« Emily holte tief Luft und fügte hinzu: »Ich kann einfach nicht begreifen, warum du so etwas tust, und das macht mich schier verrückt! Ich bin nur eine ganz gewöhnliche Frau. Ich bin nicht hübsch oder die Art von Frau, bei der Männer den Verstand verlieren. Ich bin das alles nicht wert und deswegen ergeben die Dinge, die du tust, überhaupt keinen Sinn.«

Grady hatte versucht, geduldig zu sein, doch sobald sie aufgehört hatte zu sprechen, verlor er die Beherrschung.

Kapitel 4

Bevor Emily überhaupt registriert hatte, was geschehen war, lag sie bereits mit dem Rücken auf dem Sofa und Grady drückte ihren Körper auf das Leder. Erschrocken und verängstigt starrte sie auf sein ernstes Gesicht, das sich genau über ihrem befand. Er hatte die Position so schnell verändert, dass ihr noch immer schwindelig war.

»Es ist nur Geld! Und sag nie mehr, dass du es nicht wert bist und dass du nicht hübsch bist!«, sagte er wütend. »Ich bin mit Geld aufgewachsen, es hat mir immer zur Verfügung gestanden, und jetzt besitze ich mehr, als ich in hundert Leben benötigen würde. Geld interessiert mich nicht! Es macht die Menschen nicht glücklich. Reiche Leute können verdammt unzufrieden sein. Es würde mir etwas bedeuten, zur Abwechslung einmal ein ganz anderes Weihnachtsfest zu erleben. Ich bin der Meinung, dass du jede noch so kleine Sache wert bist, die ich dir gebe, und noch viel mehr!«

Sie starrte ihn mit offenem Mund an. Seine Worte hatten ihr Herz so sehr berührt, dass es vor Traurigkeit schmerzte. Denn genau in diesem Moment erkannte sie, dass dieser Mann *nicht* glücklich war und es vermutlich niemals gewesen war. Die Tatsache, dass er Weihnachten hasste, war bereits ausreichend gewesen, doch sie war so beschäftigt damit gewesen, darüber nachzudenken, warum er so etwas für sie tun würde, dass sie seinen eigenen Schmerz nicht erkannt hatte. Irgendwo tief drinnen besaß Grady Sinclair tiefe, unsichtbare Wunden, die offensichtlich sehr schmerzhaft waren. Sie hatte zu viel über das Geld nachgedacht, um zu bemerken, dass es in seinem Verhalten um so viel mehr ging als nur um Geld. Sie glaubte ihm tatsächlich, was er gesagt hatte. Geld bedeutete ihn wirklich nichts.

»Du musst mir überhaupt nichts geben, um Weihnachten mit mir zu verbringen, Grady. Ich will bei dir sein!«, antwortete sie und spürte die Wahrheit in ihren Worten. »Du hättest dem Zentrum nicht so viel Geld spenden müssen und ich brauche keinen teuren Wagen. Ich bin dieses Jahr auch alleine«, flüsterte sie leise.

»Jetzt nicht mehr«, entgegnete er. »Jetzt hast du mich.«

Emily seufzte und ihr Körper entspannte sich neben seinem. Sie hätte argumentieren können, dass sie sich kaum kannten, dass außer einem spektakulären Kuss und einem langen Telefongespräch zwischen ihnen nichts gewesen war. Doch in Wahrheit hatte sie die Verbindung zwischen ihnen vom ersten Moment an gespürt, als sie von ihrer würdelosen Position vor seiner Eingangstür zu ihm heraufgesehen hatte. Doch sie war eine praktische Frau und hatte Angst, dass Grady Sinclair ihr früher oder später das Herz brechen würde. »Hast du wirklich geglaubt, ich sei eine Prostituierte? Machst du ... ähm ... machst du das häufig?«

»Nein. Aber mein jüngerer Bruder Jared scheint zu denken, dass ich die Nerven verliere, wenn ich nicht regelmäßig Sex habe«, antwortete er, wobei seine Augen sie immer noch mit einem intensiven Blick durchbohrten.

»Ach ja?«, fragte sie neugierig und strampelte ein wenig, um zu sehen, ob sie sich aus ihrem Gefängnis befreien oder zumindest ihre Arme lockern konnte.

»Ich verliere nicht häufiger die Nerven, als ich es normalerweise schon tue. Das hält ihn jedoch nicht davon ab, es ab und an zu versuchen.«

Emily schaffte es endlich, ihre Arme zwischen ihren beiden Körpern herauszuziehen und sie um seinen Hals zu legen. Sie wollte unbedingt die Unruhe vertreiben, die sie in seinen grauen Augen sehen konnte. »Wo ist deine ganze Familie?«

Seine Augen wurden dunkler. »Keiner von uns hat besonders viel für die Weihnachtszeit übrig. Mein Vater war ein Alkoholiker und die Festtage waren keine gute Zeit für meine Familie. Evan befindet sich praktischerweise auf Geschäftsreise in einem Land, in dem Weihnachten nicht gefeiert wird, und meine anderen Brüder arbeiten ebenfalls. Meine Schwester ist gerade in Aspen, wo sie Weihnachten mit ihrem neuesten Freund verbringt – einem Versager, wie er im Buche steht. Keiner von uns kann sie davon überzeugen, ihn abzuservieren, auch wenn es offensichtlich ist, dass er nur an ihrem Geld interessiert ist.«

»Dann vermute ich mal, dass du hier mit mir festsitzt«, sagte sie gut gelaunt und streichelte das weiche Haar in seinem Nacken. Dieser Mann verdiente eine fröhlichere Erfahrung und sie war fest dazu entschlossen, ihm diese zu bereiten.

»Du behältst das Auto!«, murmelte er stur.

»Ich stelle einen Weihnachtsbaum auf!«, warnte sie ihn. »Und ich backe Plätzchen. Du wirst dir die ganze Woche lang Weihnachtslieder anhören müssen.«

Er zog ein Gesicht, doch antwortete: »Das ist mir egal. Solange du hierbleibst und das Auto behältst, bin ich bereit zu verhandeln.« Er lehnte seine Stirn gegen ihre.

Jeder noch so kleine Nerv in Emilys Körper zitterte vor Verlangen und dieses Verlangen war mehr als nur physisch. Grady hielt den Großteil seines Gewichts mit seinen Armen, doch sein muskulöser Körper lag von den Knien bis hinauf zur Brust noch immer auf ihrem und sie konnte spüren, wie sein langer, harter Schwanz gegen ihren Unterleib drückte. Die Hitze seines Körpers und der Duft seiner Erregung umgaben sie und sie wollte nur noch mit ihm zusammenschmelzen und ...

Gong! Gong! Gong! Gong! Gong! Gong!

Die riesige Wanduhr schlug sechs Uhr und riss Emily aus ihren sinnlichen Gedanken. »Oh Scheiße ... die Feier!« Sie war so abgelenkt gewesen, dass sie die Feier im Zentrum vollkommen vergessen hatte, zu der die beiden hingehen mussten. Sie befreite sich aus seinen Armen, wohlwissend, dass sie bereits spät dran war.

Grady setzte sich auf und sah so aus, als würde er sich nur sehr ungern bewegen wollen. »Was für eine Feier?«

Emily glitt vom Sofa und stand auf. »Die Weihnachtsfeier im Zentrum ist heute! Ich habe dir doch gesagt, dass ich bei der jährlichen Weihnachtsfeier dabei sein muss!«

»Du verlässt mich doch nicht etwa bereits wieder?«, brummte Grady und stand ebenfalls auf.

»Natürlich nicht«, antwortete sie aufgeregt. »Du kommst mit mir mit!«

»Ich hasse Feste jeglicher Art!«, entgegnete er mit einem widerwilligen Gesichtsausdruck.

»Diese Feier wirst du nicht hassen«, versprach sie, nahm ihn bei der Hand und zog ihn zur Tür. »Der Großteil der Stadt wird dort sein.«

»Ich bin für eine Feier nicht entsprechend gekleidet«, sagte er.

Emily besah sich seine Jeans und den hellbraunen Pullover mit Zopfmuster, der mehr nach Kaschmir aussah und sich ebenso anfühlte. Er sah gut genug aus, um ihn mit Haut und Haar zu verspeisen, und sie würde jeden Bissen von ihm genießen. »Es ist eine lockere Veranstaltung. Du siehst wunderbar aus.«

Er warf ihr ein böses Grinsen zu, das sofort das Feuer zwischen ihren Schenkeln entfachte.

Grady Sinclair war eine sündige Versuchung, ganz egal welche Kleidung er trug, und sie musste ihren Blick mit Gewalt von ihm losreißen, um es aus der Tür zu schaffen.

Grady ging zu der Weihnachtsfeier, weil er nicht anders konnte, als Emily überallhin zu folgen, wohin auch immer sie ging. Diese Frau war wie der Rattenfänger und sie führte ihn an seinem steifen Schwanz umher. Doch als sie das Zentrum erreichten, musste Emily sich um das Organisatorische kümmern und ihre Arbeit verrichten, also ging Grady geradewegs in den Innenhof. Die Gäste kamen nach und nach an und füllten den Freizeitbereich des Zentrums. Während er sich wünschte, nicht seine Lederjacke an der Garderobe abgegeben zu haben, wanderte er in dem kleinen Innenhof auf und ab, um sich warmzuhalten, und erinnerte sich im Stillen daran, dass er kein Kind mehr war.

Ich kann es schaffen! Ich muss es schaffen. Wenn ich meine Ängste überwinden muss, um Emily nahe zu sein, dann werde ich das verdammt noch mal tun!

Grady ging entschlossen auf die Glastüren zu, durch die er in den Innenhof gelangt war, trat ins Innere und hielt abrupt an. Die Musik und das laute Durcheinander trafen ihn wie ein Schlag und sein Magen zog sich vor Angst zusammen.

Er konnte Emily auf der anderen Seite des Raums sehen, wie sie dem Weihnachtsmann dabei half, Geschenke an die unzähligen Kinder zu verteilen, die wartend um einen riesigen Baum versammelt waren. Einige der Erwachsenen tanzten auf dem hölzernen Parkett und wiegten im Takt zu einem kitschigen, alten Weihnachtslied, das aus einem Paar Lautsprechern in der Nähe der Tanzfläche schallte. Grady vermutete, dass dieser große Platz normalerweise als Basketballfeld oder Fläche für andere Sportarten diente, wenn er nicht für eine Weihnachtsfeier genutzt wurde. Er schaffte es nicht, genauer hinzusehen, weil ihn ein Schwindelgefühl und Übelkeit überkamen. Mit einem Mal schwankte der Boden und das fröhliche Treiben verschwamm vor seinen Augen, während er vor Nervosität einen Schweißausbruch bekam.

Scheiße! Nicht jetzt! Das darf jetzt nicht sein!

Seine Hand tastete nach dem Türrahmen, um sich Halt zu verschaffen. Innerlich verfluchte Grady seine Schwäche.

»Grady? Bist du in Ordnung? Ist dir schlecht?« Emily war herübergekommen und hatte sich vor ihn gestellt.

»Ich hasse Feiern!«, erinnerte er sie mit schwacher, brüchiger Stimme.

Emily nahm sein Gesicht in beide Hände und zog seinen Kopf herunter, damit er sie ansehen konnte. Er starrte in ihre wunderschönen blauen Augen und seine Sicht verbesserte sich. Sie sagte bestimmt: »Schau mich an! Sieh nirgendwo anders hin! Konzentriere dich auf mich!«

Ihr besorgtes, mitfühlendes, wunderschönes Gesicht drehte die Welt wieder richtig herum und sein hungriger Blick war auf nichts anderes als sie gerichtet. Mit einem Mal verschwamm alles um ihn herum und es existierte nur noch Emily.

Sie nahm seine Hände und begann, ihn rückwärts in den anderen Raum zu führen. Während der ganzen Zeit sah sie ihm fest in die Augen. Grady bemerkte nicht einmal, wohin sie mit ihm ging, bis sie am Rande der Tanzfläche haltmachte.

»Ich will, dass du mit mir tanzt, Grady. Ich will, dass du mich berührst. Kannst du das tun?«, fragte sie mit einer sinnlichen, Fick-mich-sofort-Stimme.

Sie braucht mich.

Emily musste nur sagen, dass sie ihn brauchte, und schon richtete er all seine Aufmerksamkeit auf sie. Wenn sie ihn wollte, dann würde er zur Verfügung stehen. Mit einem männlichen Seufzer legte er seine Arme um sie und sein Körper entspannte sofort, als er diese warme, kurvige Frau spürte, wie sie sich an ihn schmiegte und ihn alle Sorgen und Ängste vergessen ließ. Er schloss die Augen und atmete an ihrer Schläfe, wobei die seidenen Strähnen ihres Haares seine Wange streichelten und er ihren warmen Atem beruhigend an seinem Hals spürte.

»Emily«, murmelte er leise. Jedes kleine Detail, das so einzigartig war und zu *ihr* gehörte, vereinnahmte ihn, während sie die Arme um ihn legte und seinen Rücken und den Nacken streichelte. Es existierte kein besseres Gefühl, als diese Frau in seinen Armen zu halten. Die Weihnachtsmusik war hier sogar noch lauter, doch es war ihm egal. Es interessierte ihn nicht, was die Menschen, die um ihn herumstanden und die er nicht kannte, in diesem Augenblick dachten. Für ihn existierte nur Emily und wie perfekt sie seinem Körper angepasst war.

Sie fragte ihn nicht, was mit ihm los war; sie hielt ihn einfach nur fest, blieb bei ihm, versank in ihm, als hätte sie nie etwas anderes getan, und Grady genoss es. Er bewegte sich im Rhythmus der Musik und Emily ließ sich von ihm führen, beide völlig versunken in ihrer eigenen kleinen Welt.

Die Lieder änderten sich, doch sie tanzten noch immer, bis Emily schließlich ihren Kopf in den Nacken legte und flüsterte: »Bist du jetzt okay?«

Grady öffnete die Augen und sah sich um. Einige Leute schauten ihn neugierig an, doch hauptsächlich sah er Menschen, denen diese Veranstaltung ganz offensichtlich gefiel. Die Kinder quietschten vor Freunde über ihre Geschenke und zeigten sie stolz herum. Und die Erwachsenen, die in kleinen Grüppchen um die Essenstische herumstanden, lachten fröhlich und unterhielten sich. Irgendwie ... war er dazu in der Lage, alles als ein Erwachsener zu sehen, und es war nur ... eine Feier. Es war eine Zusammenkunft von Menschen, die wirklich den Eindruck machten, als würden sie in Gesellschaft anderer Menschen, die sie *mochten*, eine angenehme Zeit verbringen. Im gesamten Raum waren kein einziges Designerkleid und auch kein einziger Smoking zu sehen und dies waren auch nicht die gleichen Menschen, die ihn in der Vergangenheit gedemütigt hatten.

»Ja«, antwortete er. »Ja, ich bin okay.« Wie konnte er sich nicht absolut fantastisch fühlen, wo er doch die wunderbarste Frau im Raum in seinen Armen hielt? Eine Frau so warm und süß, dass er nichts anderes wollte, als sie zu verschlingen. »Danke«, fügte er leise hinzu.

Sie legte den Kopf zurück und sah ihn mit einem ungezogenen Lächeln an. »Nichts zu danken. Ich habe nur mit dem attraktivsten Mann im Raum tanzen wollen.«

Grady grinste. »Und du denkst also, dass ich das bin, was?«

»Ich weiß, dass du das bist.« Sie zwinkerte ihm zu und lächelte.

Allein dadurch, dass er sie nur gehalten hatte, war sein Schwanz bereits so hart geworden, dass er Diamanten damit hätte zerteilen können. Er konnte nicht noch mehr anschwellen und zuckte erwartungsvoll, wobei Grady ein Stöhnen herunterschlucken musste. Es gab nichts, das er mehr wollte, als sich bis zum Anschlag in Emily zu vergraben und dort für immer zu verharren. Er ließ seine Hände an ihrem Rücken hinunter gleiten und drückte sie an sich. »Ich will dich so sehr, dass ich kaum atmen kann«, gestand er und scherte sich nicht darum, wer ihn hören konnte.

Ihr Gesicht bekam einen wunderbar erregten Ausdruck und aus ihren Augen strömte die Hitze, als sie ihn voller Sehnsucht ansah. »Küss mich!«, forderte sie atemlos.

»Ich habe Angst«, sagte Grady und war noch verzauberter von ihr.

»Warum?«

»Ich bin mir nicht sicher, ob ich jemals aufhören kann.«

Er spürte, wie ihr Körper zitterte, und er konnte sich nicht länger beherrschen. Er beugte sich hinunter und fand ihren verführerischen Mund. Er wollte sie brandmarken und dafür sorgen, dass sie ihm niemals mehr entkam.

Sie gehört mir!

Für ihn war dieser Kuss ein Versprechen, ein erbitterter Versuch, ihr zu sagen, dass er nicht die Absicht hatte, sie jemals wieder gehen zu lassen. Sie gaben nun nicht mehr vor zu tanzen, stattdessen fuhr er mit der einen Hand durch ihr Haar, wobei er ihren Kopf gefangen hielt, um mit seinem Mund auf Raubzug gehen zu können. Mit seiner anderen Hand drückte er ihre Hüften fest gegen seinen Schwanz und führte einen Paarungstanz auf, der mit Weihnachten nichts zu tun hatte.

Er forderte und sie gab, sank in seine besitzergreifende Umarmung und brachte ihn vollkommen um den Verstand.

Sie gehört mir!

Gradys Verlangen war primitiv und nahm ihn komplett ein, wobei seine Lust durch ihre Unterwerfung und leidenschaftliche Hingabe nur noch verstärkt wurde. Sie klammerte sich an ihn wie eine Ertrinkende auf hoher See an einen Rettungsring, und er kostete es voll aus. Er wollte sie vor allem beschützen, das sie verletzen konnte, und sie jeden einzelnen Tag für den Rest ihres Lebens zum Lächeln bringen.

Schnaufend und nach Luft ringend beendeten sie den Kuss und sahen einander an, als wollten sie sich gegenseitig die Kleider vom Leib reißen, um sich noch näher sein zu können. Bei dem Gedanken daran, ihre Haut auf seiner zu spüren und sich in ihrer Sanftheit zu verlieren, stöhnte Grady beinahe laut auf.

Ich brauche sie so sehr!

Er und Emily standen etwas abseits, doch er konnte erkennen, wie einige der Gäste lächelnd zu ihnen herübersahen, und er hörte auch ein paar anerkennende Pfiffe, die der Show galten, die er und Emily gerade dargeboten hatten. Doch das störte ihn nicht. Irgendetwas Wildes in ihm wollte seinen Duft auf ihr verreiben, damit jeder anwesende Mann wusste, dass sie zu ihm gehörte.

»Ich schätze, jetzt denken nicht mehr *alle*, dass ich das Scheusal von Amesport bin«, sagte er rau und versuchte noch immer, seinen stockenden Atem unter Kontrolle zu bekommen.

Emily sah ihn erstaunt an. »Du wusstest, dass die Leute dich so genannt haben?«

»Natürlich wusste ich das!«, antwortete er heiser. »Ich habe diese Persönlichkeit mit meinem charmanten Wesen doch herangezüchtet. Solange mich die Leute in Ruhe gelassen haben, hat es mich nicht interessiert, wie sie mich nennen.«

Emily gab ihm einen Klaps auf den Arm. »Ich habe in den letzten Wochen alles getan, um deinen Ruf zu reparieren. Die gesamte Stadt weiß, dass du Geld gespendet hast, um die Kurse im Zentrum zu verbessern, und dass deinetwegen diese Weihnachtsfeier stattfindet. Meiner Meinung nach war es sehr unfair, wie über dich gesprochen wurde. Du warst mein Held!«

Grady gefiel dieser Gedanke, doch er zog eine Grimasse, als sie ihre Aussage in der Vergangenheitsform tätigte. Er wollte immer ihr Held sein, doch er zuckte nur mit den Schultern. »Ich bin nicht gerade ... menschenfreundlich. Ich bin ein Arschloch und ich habe einfach nur ich selbst sein müssen.«

Emily seufzte und holte tief Luft, um zu antworten, doch die Worte verließen nie ihre Lippen. Ihr Gesicht war mit einem Mal angsterfüllt, als Schreie durch den Raum hallten und Menschen begannen, aufgeregt herumzustolpern. »P-Paul?«, stammelte Emily und versuchte, sich aus Gradys Armen zu lösen. »Was tust du hier?«

Grady drehte den Kopf und sah einen Mann, der ungefähr drei Meter neben ihnen stand und mit einer Pistole direkt auf Emilys Kopf zielte. Der Typ schwankte und seine Hände, mit denen er die tödliche

Waffe leicht schräg hielt, zitterten an seinen ausgestreckten Armen. Aus dem irren, kalten und leblosen Blick, der auf Emily gerichtet war, konnte Grady zahlreiche Dinge in einem kurzen Augenblick ablesen: Der Mann war betrunken oder im Drogenrausch, verzweifelt und entschlossen zu sterben.

Oh Scheiße, nein! Er hatte Emily gerade erst gefunden, er würde sie nicht schon wieder verlieren. Dieser Wichser konnte sich verpissen! Grady wechselte die Position und stellte sich mit seinem mächtigen Körper schützend vor Emily. Er konnte ihre Gegenwehr spüren, doch gegen seine rohe Kraft und das Adrenalin, das in ihm pulsierte, hatte sie keine Chance. Um zu ihr zu gelangen würde dieses Arschloch zunächst an ihm vorbeikommen müssen.

»Ist das dein neuer Freund, Emily?«, fragte der Mann mit der Waffe, während er einige Schritte auf sie zuging und mit der Pistole in Gradys Richtung zeigte. »Grady Sinclair, das Milliardärsgenie. Hast du gewusst, dass mir seine Ermittler seit zwei Wochen am Hintern kleben? Egal wohin ich gehe, in jedem meiner üblichen Verstecke erzählen mir meine Freunde, dass Grady Sinclair seine Privatdetektive auf mich angesetzt hat. Ich musste mich wie ein Kaninchen verkriechen, musste in den dreckigsten Löchern ausharren, die du dir vorstellen kannst, weil ich nicht in meinen gewohnten Unterschlupf zurückkehren konnte. Ohne die Hilfe von dir und deinem Freund hätte die Polizei mich niemals gefunden. Er hat dafür gesorgt, dass es von Privatdetektiven nur so wimmelt, und diese Schweine berichten alles, was sie herausfinden, der Polizei. Für mich existiert kein Versteck mehr. In wenigen Minuten wird dieser Ort umstellt sein und ich gehe nicht in den Knast, nur weil mir seine Helfer gemeinsam mit der Polizei auf die Schliche gekommen sind! Lieber sterbe ich! Doch dich und dein Arschloch von Freund nehme ich mit!«, sagte Paul mit hoher, verzweifelter und lallender Stimme. »Ohne sein Geld und seinen Einfluss hätte die Polizei mich niemals gefunden! Er hat mir so viele Leute auf den Hals gehetzt, dass ich keine Chance hatte zu entkommen!«

»Paul, tu das nicht! Du musst niemanden erschießen!«, schrie Emily voller Panik. »Wir können das Zentrum sofort verlassen. Ich gehe freiwillig als Geisel mit dir – solange du nur nicht die Waffe einsetzt!«

Grady knirschte mit den Zähnen und sein Kiefer war angespannt, als er sie weiter hinter sich schob. Während der gesamten Zeit sah er dem Verbrecher neben sich in die trüben, toten Augen. Sein Arm war wie ein Stahlband um Emilys Hüfte gelegt. »Nur über meine Leiche!«, knurrte er laut genug, dass Paul ihn hören konnte.

Dieser Mistkerl würde sie zwar mitnehmen, doch er würde sie töten. Grady konnte es am Gesichtsausdruck des Mannes erkennen, dass er entschlossen war zu sterben und mehr als bereitwillig ihn, Emily und jeden anderen Menschen mit in den Tod reißen würde, der versuchte, ihn daran zu hindern. Tatsächlich war es genau das, was er wollte. Dem Typ war offensichtlich eine Sicherung durchgebrannt und er war nicht mehr dazu in der Lage, vernünftig zu agieren. Bei der Waffe, die Paul in der zitternden Hand hielt, handelte es sich um eine halbautomatische Beretta und Grady schauderte, als er daran dachte, wie viele Kinder sich im Gebäude befanden. Glücklicherweise strömten die Gäste bereits durch den Haupteingang nach draußen und brachten ihre Kinder in Sicherheit.

»Mach dich bereit zu rennen und sieh dich nicht um!«, befahl Grady Emily in scharfem Flüsterton und wünschte sich innerlich, dass sich alle verdammt noch mal etwas mehr beeilen und nach draußen gehen sollten. Doch nicht alle Gäste verließen das Zentrum. Einige Männer waren in Deckung gegangen, es waren hauptsächlich Frauen und Kinder, die hinausgeeilt waren. Die Männer blieben zur Verstärkung, schickten jedoch ihre Frauen und Kinder aus der Gefahrenzone.

»Macht die Türen zu! Keiner verlässt mehr das Gebäude!«, schrie Paul mit schriller Stimme.

Los! Los! Los! Grady konnte sehen, wie die letzten Frauen gemeinsam mit ihren Kindern nach draußen liefen und sich die Tür hinter ihnen mit einem lauten Knall schloss.

Und dann war es still.

Er hörte nur, wie sein Herz in seinen Ohren hämmerte, und seine Wut darüber, dass Emily sich noch immer in Gefahr befand, war noch nicht einmal ausgebrochen. Gradys Augen verengten sich zu schmalen Schlitzen, als Paul nähertrat und nun etwa anderthalb Meter von seiner Frau entfernt war. Er sah dabei zu, wie Pauls Finger am Abzug zitterte. Das Heulen der Sirenen ließ ihn unruhig werden. Gradys Bauchgefühl sagte ihm, dass er reagieren musste, und er wusste, dass *jetzt* der richtige Zeitpunkt war.

»Lauf!«, rief er plötzlich, während er Emily mit seinem Körper abschirmte und sich auf Paul stürzte.

Ein Schuss löste sich aus der Waffe, als Grady den Verbrecher zu Boden warf, doch der Gedanke daran, dass Emily längst in Sicherheit sein sollte, tröstete Grady. Ärger kochte in ihm hoch und ihm gelang es, Paul die Pistole aus der Hand reißen, um sie über den Boden hinweg den anderen Männern zuzuwerfen, die die Waffe auf der gegenüberliegenden Seite des Raumes aufnahmen. Er sah rot und konzentrierte sich ausschließlich auf den Mann, der seine Frau verletzt und sie heute Abend erneut in Gefahr gebracht hatte.

»Du wirst ihr nie wieder wehtun!«, knurrte er und donnerte Pauls Kopf auf den Hartholzboden.

Knack!

Das Geräusch vom Aufprall von Pauls Schädel auf dem Fußboden war so befriedigend, dass Grady die Schläge gar nicht bemerkte, die Paul austeilte. Grady schlug wieder und wieder auf ihn ein und wollte nicht aufhören, bis er sich sicher war, dass Emily außer Gefahr und der Kerl am Boden tot sein würde.

Zahlreiche uniformierte Polizisten trennten die beiden schließlich, zwei von ihnen zerrten Grady von dem verprügelten Schützen herunter, während zwei andere Paul auf den Bauch rollten, um ihm Handschellen anzulegen.

»Ganz ruhig! Wir übernehmen hier!«, sagte einer der Polizisten, als sie Grady auf den Rücken legten. »Sie wurden angeschossen.« Der Beamte übte mit einem düsteren Blick Druck auf Gradys Seite aus. Grady hob leicht den Kopf und sah mit einem Mal Blut. Sehr viel Blut. Er wünschte, es würde von dem Arschloch stammen, das die Polizei gerade wegkarrte, doch er wusste, dass es nicht so war. Das Blut war seins und er erwachte endlich aus seinem Rausch, um den Schmerz der Wunde zu spüren.

»Oh Gott!«, hörte Grady Emilys Aufschrei, als sie sich neben ihn auf die Knie warf und einem der Polizisten die Waffe überreichte. Sie hatte die Pistole offensichtlich aufgenommen, als sie über den Boden gerutscht war. »Grady! Sprich mit mir, Liebling!«

»Ich habe dir doch gesagt, dass du rennen sollst! Hörst du nicht zu? Bist du verletzt?«

»Nein. Ich wollte dich nicht verlassen. Ich wollte ihn erschießen, doch ich hatte Angst, dass ich dich treffen würde«, sagte sie mit zitternder, ängstlicher Stimme, was in Grady den Wunsch hervorrief, Paul noch einmal windelweich zu prügeln.

Wäre Grady nicht so wütend, dass sie sich nicht in Sicherheit gebracht hatte, so wäre er angesichts der Tatsache, dass sie nicht weggelaufen war, weil sie sich um ihn gesorgt hatte, gerührter gewesen. »Könntest du versuchen, mir zuzuhören, während ich versuche, dich in Sicherheit zu bringen? Du stures Weib!«, grollte er und zuckte zusammen, als der Polizist etwas fester auf seine Wunde drückte.

Emily nahm seine Hand, verwob ihre Finger mit seinen und strich ihm das Haar aus der Stirn. »Was mache ich nur mit dir?«, fragte sie verzweifelt.

»Behalte mich«, antwortete er und sah plötzlich alles nur noch verschwommen. »Und diskutiere nicht mehr mit mir über dein neues Auto.« Gut ... er nutzte die Situation aus, doch er würde alle Mittel einsetzen, die ihm in diesem Moment zur Verfügung standen.

»Du nutzt diese Situation aus, damit ich einwillige?«, fragte sie zögernd.

»Ja.« Er warf alles in die Waagschale.

»Okay«, flüsterte sie zustimmend. »Wenn es dich glücklich macht, dann akzeptiere ich den Wagen. Ich tue, was immer du willst.«

Es brachte ihn in Ekstase oder machte ihn so fröhlich wie ein Mann eben sein konnte, der gerade angeschossen worden war. Er spürte ihre Lippen auf seiner Stirn genau in dem Moment, als alles schwarz vor seinen Augen wurde, und entschied, dass es nichts Schlimmes war, in Sorge um Emily das Bewusstsein zu verlieren.

Kapitel 5

Emily entschied, dass Grady vermutlich der schlimmste Patient war, der jemals in dieses kleinstädtische Krankenhaus eingeliefert worden war. Er wollte sogleich wieder gehen, nachdem der Arzt die klaffende Wunde an der Seite seines Oberkörpers genäht hatte. Glücklicherweise war er nur durch einen Streifschuss erwischt worden, doch die Kugel hatte ihm trotzdem eine tiefe Verletzung zugefügt.

Als der Arzt ihr mitgeteilt hatte, dass Grady wieder gesund werden würde, hatte sie angefangen, wie ein kleines Mädchen zu schluchzen. Er musste nur genäht werden, einige Antibiotika einnehmen und die Nacht zur Überwachung im Krankenhaus bleiben. Es hatte vermutlich komisch ausgesehen, dass Grady derjenige gewesen war, der versucht hatte, sie zu trösten, wo er doch derjenige mit den Schmerzen war.

Es war ihre Schuld gewesen – schließlich war Paul *ihr* durchgeknallter Exfreund – doch Grady hatte trotzdem sein Leben riskiert, um sie zu schützen. Emily war sich sicher, dass er nicht einen Gedanken an seine eigene Sicherheit verschwendet hatte. Er war nur um ihr Wohl besorgt gewesen und die Tatsache, dass er bereit gewesen wäre, sein Leben für sie aufs Spiel zu setzen, machte sie sprachlos. Sie hatte noch niemals einen Mann gekannt, vielleicht mit Ausnahme ihres Vaters, der sie beschützt hätte, ohne dabei an sich selbst zu denken. Aus diesem Grund war sie jetzt fest dazu entschlossen, sich um Grady zu kümmern.

Es war ein hartes Stück Arbeit gewesen, ihn zu überzeugen, im Krankenhaus zu bleiben, und sie hatte aus Verzweiflung damit gedroht, ihr Versprechen, Weihnachten mit ihm zu verbringen, zu brechen, wenn er sich nicht genau daran hielt, was die Ärzte ihm auftrugen. Er hatte geknurrt und gemeckert, doch am Ende schließlich nachgegeben. Seine Laune hatte sich sogar noch verschlechtert, als Emily sich geweigert hatte, ihn alleine zu lassen. Er hatte ihr gesagt, dass sie ihren Hintern nach Hause schaffen und schlafen sollte. Stattdessen hatte sie in dem Lehnsessel neben seinem Bett geschlafen, nicht nur weil sie für den Fall, dass er irgendetwas benötigte, bei ihm sein wollte, sondern weil sie ebenfalls Angst hatte, dass er aufstehen und das Krankenhaus verlassen würde, wenn sie nicht persönlich dafür sorgte, dass er liegen blieb.

Emily war mehr als erleichtert, als sie ihn am folgenden Nachmittag nach Hause brachte. Sie wollte nur noch das Krankenhaus hinter sich lassen und damit auch die Gedanken, die ihr darüber durch den Kopf gingen, was Grady alles hätte passieren können.

»Du hast mir gar nicht erzählt, dass du einen Baum besorgt hast!«, rief Emily, als sie das Haus betraten und sie den riesigen Weihnachtsbaum in einer Ecke des Wohnzimmers erspähte. Die Tanne war wunderschön, dicht, tiefgrün und mindestens zwei Meter groß.

»Gefällt er dir?«, fragte Grady vorsichtig und verzog das Gesicht, als er sich bewegte. »Du hast gesagt, dass du einen Baum haben willst. Ich habe meine Reinigungskraft gefragt, wo ich einen großen Baum herbekommen kann. Sie hat mir gesagt, dass ihr Ehemann einen Baum bringen und ihn aufstellen würde. Es siehst so aus, als seien die beiden heute früh hier gewesen.«

»Du hast Schmerzen. Möchtest du ein paar Schmerzmittel einnehmen?«, fragte sie ängstlich.

»Nein. Gefällt dir der Baum?«

»Er ist wunderschön. Ich werde ihn später schmücken. Doch jetzt will ich nur, dass du dich auf der Stelle ins Bett legst.« Sie schlang einen Arm um seine Taille, vorsichtig darauf bedacht, keinen Druck auf seine Wunde auszuüben.

»Süße, das sind die Worte, die ich aus deinem Mund hören wollte, seit ich dich zum ersten Mal gesehen habe. Und ich gehe nur ins Bett, wenn du mit mir kommst«, antwortete er stur und zog spielerisch die Augenbraue hoch, um hinzuzufügen: »Ist das dein Ernst? Glaubst du wirklich, dass du mich auffangen kannst, falls ich ohnmächtig werden sollte?«

»Ja. Ich bin stärker, als ich aussehe«, entgegnete sie leicht gekränkt. Gut ... sie konnte ihn vielleicht nicht aufrecht halten, doch sie konnte seinen Aufprall auf den Boden weniger schmerzhaft gestalten.

»Nicht dass du denkst, ich beschwere mich hier. Tu dir keinen Zwang an, mir so nahe zu kommen, wie du möchtest«, sagte er schmunzelnd, während er langsam in Richtung Treppe schlurfte.

Emily ging gemeinsam mit ihm die Stufen hinauf und blieb dicht an seiner Seite, weil sie das Bedürfnis dazu verspürte. Sie folgte ihm in sein Schlafzimmer und war bereit, ihn in das riesige Bett zu legen, das überaus einladend aussah.

»Bett!«, befahl sie streng.

»Dusche«, sagte er grimmig. »Hast du vor, mich zu begleiten? Ich könnte hinfallen und mir den Kopf anschlagen. Oder mir könnte schwindelig werden.«

Sie musste sich auf die Lippe beißen, um ein Lächeln zu unterdrücken. Sie hatte keinen Zweifel daran, dass Grady Schmerzen hatte, doch er versuchte mit allen Mitteln, daraus einen Vorteil zu schlagen. »Ich warte vor der Tür.«

»Aber was mache ich, wenn ich dich brauche?«, fragte er mit einem schwachen, aber dennoch spitzbübischen Grinsen.

»Dann bin ich ganz in der Nähe«, antwortete sie nachdrücklich. Sie begann, sein Hemd aufzuknöpfen, weil sie wusste, dass die Bewegung für ihn schmerzhaft sein würde.

»Das ist mir aber zu weit weg«, sagte er heiser. »Ich werde eine Weile brauchen, bis ich das Bild aus meinem Kopf gelöscht habe, wie dieses Arschloch mit einer Waffe auf dich gezielt hat.«

Sie öffnete den letzten Knopf seines Hemdes und musste sich dazu zwingen, beim attraktiven Anblick seiner nackten Brust und muskulösen Bauches nicht mit offenem Mund dazustehen und ihn anzustarren; seine warme, weiche Haut, die sich über geformte Muskeln spannte, brachte sie fast zum Sabbern.

Ich muss emotionsfrei bleiben. Ich muss ihm helfen. Grady braucht mich.

Sie streifte ihm das Hemd über die Schultern und ließ es auf den Boden fallen. »Ähm ... kommst du jetzt alleine zurecht?« Sie schluckte und schaute auf die Jeans, die tief auf seinen Hüften saß, und den kleinen Pfad an Schamhaaren, die in seinem Hosenbund verschwanden. Dieser Mann hatte einen Körper, der eine Heilige schwach werden ließe, und sie war nicht einmal so engelsgleich.

»Nein. Ich habe Schmerzen, wenn ich mich bewege. Du musst es tun«, sagte er todernst.

Ihre Augen wanderten zu seinem Gesicht. Sein Gesichtsausdruck war stoisch, doch aus seinen Augen strömte verruchte Hitze. Ihre Brustwarzen wurden hart und in ihrem Magen entzündete sich ein Feuerball, der sich löste und zwischen ihre Schenkel rutschte. Sogar verletzt war Grady Sinclair eine männliche Versuchung für sie, eine anziehende Mischung aus einem fordernden Mann und verschmitzten Jungen, bei dem sie nicht wusste, ob sie lachen oder peinlich berührt sein sollte.

»Grady«, warnte sie ihn und leckte sich über ihre trockenen Lippen, als sie zu ihm aufsah.

»Bitte Emily! Ich brauche deine Hilfe.«

Sie konnte ihm diesen Gefallen nicht ausschlagen und musste ehrlich zugeben, dass sie der Gelegenheit, ihn zu berühren, ebenfalls nicht widerstehen konnte. Ihre Hände zitterten, als sie nach dem Knopf seiner Jeans tastete und sie war dankbar, dass seine Hose nur einen Knopf und einen Reißverschluss besaß. Sie wusste, dass diese Aufgabe ihm Schmerzen bereiten würde und dass die Bewegungen, die für eine normale Dusche nötig waren, seine Schmerzen vermutlich unerträglich machen würden. Die Armbewegungen würden seine Nähte strapazieren und sie wollte nun wirklich nicht, dass er sich erneut verletzte. Er stellte ihr zwar eine Herausforderung, doch sie stand bereits knöcheltief in dieser Aufgabe, weil sie es nicht ertragen konnte, dass er auch nur einen weiteren schmerzhaften Augenblick haben würde.

Mit dieser Entscheidung schob sie ihn in Richtung des großen Badezimmers, das sie beim Betreten des Schlafzimmers bereits erblickt hatte. Auf seinem Gesicht war eine Sekunde lang Überraschung und sehr viel Sehnsucht zu erkennen, als er sich gehorsam in Bewegung setzte.

Im Badezimmer angekommen zog sie den Reißverschluss seiner Jeans hinunter und kam nicht umhin zu bemerken, dass ihr ein sehr großes und hartes Körperteil die Arbeit erschwerte, während sie die Jeans gemeinsam mit seinen seidenen Boxershorts nach unten zog. »Du wirst mich die gesamte Arbeit übernehmen lassen. Du wirst nur stillstehen und dir von mir helfen lassen«, forderte sie, als sie ihm bedeutete, aus seiner Hose zu steigen, die um seine Unterschenkel herumlag.

Bevor sie darüber nachdenken und ihre Meinung ändern konnte, zog sie sich ihren Pullover über den Kopf und ließ ihn zu Boden fallen. Danach folgte ihre Jeans und sie fühlte sich in ihrem knappen BH und Höschen plötzlich sehr bloßgestellt. Nachdem sie seinen Körper gesehen hatte, versuchte sie, nicht unbehaglich herumzuzappeln, als sie seinen Blick auf sich spürte. Was ihren Körper anging, besaß sie nicht gerade eine Menge Selbstbewusstsein, und sie war nicht unbedingt davon angetan, halbnackt herumzustolzieren. Doch in diesem Augenblick war Grady wichtiger als ihre Unsicherheiten.

Die Dusche war raffiniert und sie musste einige Minuten lang mit den verschiedenen Reglern herumspielen, bis sie eine angenehme Wassertemperatur gefunden hatte. Sie hielt die Tür zur Duschkabine auf und bedeutete einem nackten Grady, dass er nun hereinkommen konnte. »Komm her!« Seine Wunde war zwar mit einem wasserabweisenden Pflaster abgeklebt, doch sie musste trotzdem vorsichtig sein.

Er bewegte sich keinen Zentimeter. Stattdessen wanderten seine Augen über ihren Körper und füllten sich mit Verlangen. »Mein Gott, du bist so schön, dass es mir wehtut, dich nur anzusehen!«

Emily löste die Spange aus ihrem Haar, wobei ihr die Strähnen wild über die Schultern fielen.

Sie hörte Grady stöhnen und wusste instinktiv, dass es nicht vor Schmerzen war. Er fand sie wirklich attraktiv und beinahe unwiderstehlich. Ihr Körper wurde mit einem Mal von weiblicher Macht gefüllt und ihre Unsicherheit verschwand, während sie dabei zusah, wie seine heißen Augen ihren Körper streichelten, als wäre sie die einzige Frau auf der Welt. Und oh Gott, wie berauschend es war!

»Komm in die Dusche, Grady!«, sagte sie nachdrücklich. Sie wusste, sie würde einen Moment benötigen, um ihre Gedanken zu ordnen. »Ich muss meine Kontaktlinsen herausnehmen.«

Das war die Unterbrechung, die sie brauchte. Sie lief in Unterwäsche die Treppe hinunter und griff nach ihrem Koffer, mit dem sie erneut die Treppe hinaufstieg, um ihr Kontaktlinsendöschen herauszunehmen. Ihre Hände zitterten, als sie ihre Kontaktlinsen herausnahm und sie in dem Plastikbehälter verstaute. Dabei atmete sie immer wieder tief ein und versuchte, sich daran zu erinnern, dass sie sich um Grady kümmern musste. In diesem Moment brauchte er sie.

Als sie zurück in das Badezimmer trat, das nun mit Wasserdampf vernebelt war, hörte sie ein Stöhnen aus der Dusche und riss die Tür auf. »Ich habe dir doch gesagt, dass du dich nicht bewegen sollst!«, schalt sie ihn und vergaß dabei alles andere, außer dass sie aufpassen musste, dass Grady sich nicht verletzte. Sie nahm ihm den seifigen Schwamm aus der Hand und warf ihn auf den Boden der Dusche. Stattdessen griff sie nach seiner männlich duftenden Seife, schäumte sie in ihren Händen auf und begann, seinen Körper mit langen, langsamen Bewegungen zu waschen, wobei sie sich zunächst seinem Rücken widmete und dabei sanft seine verspannten Muskeln massierte.

Jeder Zentimeter von Gradys Körper bestand aus fester Muskelmasse und als sie bei seinem Hintern angekommen war, konnte sie die unfassbar trainierten Pomuskeln fühlen, die sie bislang nur aus der Ferne und von Jeansstoff bedeckt hatte bewundern können. Unter ihren Fingern fühlten sie sich so viel heißer und echter an und sie fühlte, wie sich seine Pomuskeln zusammenzogen, während sie die Seife darüber rieb.

Wasch ihn und bring ihn dann ins Bett!

Nachdem sie mit seiner Rückseite fertig war, wusch sie sein Haar und drückte seinen Kopf nach vorn, um ihm das Shampoo auszuspülen.»Umdrehen«, wies sie ihn leise an.

Er drehte sich bereitwillig und sie fing mit seiner Vorderseite an. Wieder musste sie ein Stöhnen unterdrücken, als ihre Hände über seine wohlgeformten Brustmuskeln strichen.

»Zieh dich aus!«, sagte Grady heiser.»Ich will dich nackt sehen. Wenn ich dich schon nicht ficken kann, dann will ich dich zumindest anschauen.«

»Ich wasche dich. Ich brauche mich nicht auszuziehen, um hier –«

»Zieh alles aus oder ich werde es tun«, warnte er sie mit gefährlicher Stimme.

Emily wusste, dass er es wirklich machen würde, und er würde sich dabei wehtun. Machte es denn wirklich einen Unterschied? Sie war doch sowieso beinahe nackt.

Sie legte die Seife auf den dafür vorgesehenen Vorsprung, öffnete den Verschluss an der Vorderseite ihres BHs und zog sich das tropfnasse Kleidungsstück vom Körper. Ihren Slip schob sie mit noch immer seifigen Händen nach unten und stieg aus ihm heraus.

»Ich werde so riechen wie du«, sagte sie belustigt und fühlte sich mit einem Mal verletzlich. Sie drückte das Wasser aus ihrer Unterwäsche und hing die beiden Teile über die Tür.

»Gut. Ich will, dass du von meinem Geruch eingehüllt wirst.« Er zog sie an seinen Körper heran und streichelte mit seiner Hand ihren Rücken hinab, bis er an ihrem Po angekommen war. Mit beiden Händen umschloss er ihren Hintern und drückte ihre schmerzende Mitte gegen seinen aufgerichteten Schwanz. Er trat einen Schritt nach vorn und schob ihren Körper zwischen die gefliese Wand und seine überwältigend männliche Gestalt. »Ich will dich unter mir und ich will, dass du meinen Namen stöhnst, wenn ich in dich eindringe. Ich will dir dabei zusehen, wie du kommst«, sagte er rau und sein Atem ging schnell und stoßweise.

»Nicht!«, rief Emily und ihre Stimme klang halb besorgt, halb erregt. »Du wirst dir wehtun!« Sie drückte leicht gegen seine Brust, um ihn dazu zu bringen, sie freizugeben.

»Dann schlage ich vor, dass du dich nicht bewegst«, antwortete er in heißem, gequältem Flüsterton. »Denn ich will dich berühren. Ich muss dich berühren! Der Schmerz, den ich empfinde, weil ich dich nicht anfassen kann, bringt mich noch um!«

Emily atmete zitternd aus, doch sie blieb still stehen, als er einen kleinen Schritt zurücktrat. Ihre Blicke trafen sich und hielten einander stand. In seinen Augen stand ein dringendes, lüsternes Verlangen, das ihren gesamten Körper erbeben ließ und ihn unter Strom setzte. Die Lust ergriff sie, eine unbekannte Kraft schweißte sie zusammen und erweckte solch ein Verlangen in ihr, dass sie von ihm auf die rohste Art genommen werden wollte.

Während seine Hände über ihren Körper wanderten, wandte er seinen Blick nicht von ihren Augen ab. Er umschloss ihre Brüste und ließ seine Daumen um ihre Brustwarzen kreisen, die sofort hart und empfindlich wurden. Es fühlte sich so an, als ob die Berührung durch seine Finger jedes einzelne ihrer Nervenenden befeuerte. Sie schob ihre Hüften nach vorn und stöhnte leise, während ihr Körper noch immer zitterte. Emily biss sich auf die Lippe, um ihre Lust zurückzuhalten, doch sie konnte sich nicht länger beherrschen.

Grady ließ sich Zeit, erkundete das Tal zwischen ihren Brüsten und wanderte mit einer Hand tiefer, wobei seine Finger in kleinen, kreisenden Bewegungen über ihre empfindliche Haut strichen.

»Ich würde dich so gern ficken, jetzt und hier, doch ich gebe mich auch hiermit zufrieden.« Seine Hand glitt zwischen ihre Schenkel und seine Finger tauchten langsam zwischen ihre feuchten Schamlippen ein. »Ich werde dabei zusehen, wie du kommst!«

Emily versuchte, an den nassen Fliesen Halt zu finden, während ihre Knie weich wurden. Grady erkundete langsam ihre Spalte, seine Finger streichelten von ihrem Anus zu ihrer Klitoris und wieder zurück, wieder und wieder. Jedes Mal berührter er ihre Knospe nur ein klein wenig und jedes Mal wurde sie größer, härter und bedürftiger. Emily stöhnte nun ohne jegliche Zurückhaltung und winselte: »Bitte!«

Seine Augen standen nun förmlich in Flammen, als er endlich mit seinem Daumen vollständig über ihre Klitoris fuhr, doch es war noch nicht genug. Emily schloss die Augen, streckte ihre Hüfte nach vorn und bettelte um Erlösung von dieser erotischen Folter. Seine andere Hand streichelte abwechselnd über ihre beiden Brüste und zwickte ihre Brustwarzen gerade fest genug, um einen Stromschlag durch ihren Körper zu schicken. Danach streichelte er sie wieder sanft und beruhigend.

»Sag mir, was du willst, Süße!«, forderte er. Sie spürte, wie sein aufgeheizter Atem ihren Hals streifte, sein Mund ganz nahe an ihrem Ohr. »Sag es mir!«

»Dich!«, stöhnte sie und ihre Brust hob sich, als Grady ihre Knospe endlich stärker rieb.

Sein Mund bedeckte ihren und stahl ihr den Atem. Seine Zunge ging auf Raubzug und nahm ihr jeden Willen, der noch in ihrem Körper verblieben war. Sie wurde von Grady eingenommen, der ihr gesamtes Wesen in einen Zustand fiebriger Erregung versetzte und sie hilflos mit seiner wilden Zunge und seinen fordernden Fingern zurückließ.

Wieder und wieder fuhren seine Finger über ihre Klitoris, jede Berührung versetzte sie in noch größere Erregung. Mit seiner Zunge machte er ihr vor, was er mit seinem Schwanz tun würde, und er fuhr in ihren Mund und wieder heraus, wie ein besessener Mann.

Schließlich hatte Emily den Punkt erreicht, an dem sie es nicht mehr aushielt. Sie legte ihre Hand auf seine und bat verzweifelt um eine raue, harte Berührung, die sie endlich zum Orgasmus kommen lassen würde.

Er schnappte nach Luft, als er seinen Mund endlich von ihrem löste. »Mach die Augen auf! Sag mir, was du willst!«

»Du weißt, was ich will«, antwortete sie atemlos, verwob ihre Finger mit seinen und rieb sie schneller und härter über ihre Klitoris. »Mach die Augen auf! Ich will sehen, wie du kommst!«, sagte er heiser. »Sag mir, dass es das ist, was du willst!«

»Bring mich zum Orgasmus! Bitte!«, bat sie und öffnete ihre Augen, um seinen wilden Gesichtsausdruck zu sehen.

Grady schien mit ihrer Antwort zufrieden zu sein und gab ihr endlich das, was sie so verzweifelt benötigte. Er hielt ihre Hand fest und bewegte ihrer beiden Finger gemeinsam zwischen ihren Beinen, hart und schnell. Emily konnte kaum noch atmen und schnappte immer wieder nach Luft. »Komm für mich, mein Engel! Jetzt!«

Auch wenn Emily es versucht hätte, sie hätte sich nicht länger beherrschen können. Es war, als wüsste er ganz genau, was sie zum Höhepunkt kommen ließ, und sie spürte, wie ihr bevorstehender Orgasmus an ihrem Magen zerrte. Ihr entfuhr ein langes Stöhnen und sie warf ihren Kopf zurück, doch in keinem Moment brach sie den Augenkontakt mit Gradys wildem, besitzergreifendem und entschlossenem Blick.

»Oh Gott!«, presste sie heraus, als der Höhepunkt durch ihren Körper fuhr. Sie wurde von diesem Orgasmus so heftig geschüttelt, dass sie nach dem Türgriff der Dusche tasten musste, um sich auf den Beinen zu halten.

Grady stützte sie und hielt sie fest, während er sie zärtlich küsste, als ob er den allerletzten Tropfen ihrer Lust schmecken, den allerletzten Rest ihrer Ekstase aufsaugen wollte.

Emily beruhigte sich langsam und Grady zog sie nahe an sich heran, um sie in seinen Armen zu wiegen. Sie zitterte und er drehte ihren Körper so, dass das heiße Wasser auf ihren Rücken prasselte. Diese kleine, beschützende Geste reichte bereits aus, um ihre Faszination für ihn noch zu vergrößern.

»Geht es dir gut?«, fragte sie. Sie machte sich Sorgen, dass er sich verletzt haben könnte. Sie hatte versucht, so still wie möglich zu stehen, doch er hatte sich weitaus mehr bewegt, als momentan gesund für ihn war.

»Ich habe nur soeben eine Fantasie ausgelebt. Mir geht es besser als gut«, antwortete er und in seiner Stimme schwang Belustigung.

Nicht viele Männer hatten die Fantasie, einer Frau dabei zuzusehen, wie sie zum Orgasmus kam, ohne selbst einen Höhepunkt zu erleben. Doch das hier war Grady und er war der selbstloseste Mann, den sie jemals gekannt hatte. Die Tatsache, dass seine Fantasie darin bestand, ihre Bedürfnisse zu erfüllen, brachte sie aus einem merkwürdigen Grund zum Weinen. Vielleicht deshalb, weil er der erste Mann überhaupt war, der sich wirklich darum scherte, ob sie glücklich war? Sie streichelte mit ihrer Hand über seinen muskulösen Bauch und umschloss seinen steifen Schwanz. Er war steinhart und Emily konnte beinahe schon fühlen, wie das Blut durch den Schaft pulsierte.

Grady stöhnte auf und ergriff ihre Hand, um sie wegzudrücken. »Ich halte das nicht mehr lange aus, mein Engel.«

»Bitte, lass mich«, bat sie ihn zärtlich. Sie musste ihm einfach ein genauso gutes Gefühl verschaffen, wie er es für sie getan hatte. »Aber du musst ganz still stehen«, neckte sie ihn. »Tu dir ja nicht weh!«

»Baby, ich habe bereits Schmerzen, doch nicht wegen der verdammten Wunde. Ich will ganz tief in dir sein. Ich will in dir vergraben sein, in deiner Hitze, bis ich verbrenne!«

Sie trat einen Schritt zurück, streichelte mit ihrer Hand über seine Brust und genoss das Muskelzucken unter ihren Fingerspitzen. »Du musst dich hiermit zufriedengeben«, teilte sie ihm mit verführerischer Stimme mit, während sie ihrer Hand folgte und sich vor ihm auf die Fliesen kniete.

»Emily, nein!«, entfuhr ihm ein raues, gequältes Stöhnen.

Ihre Hand streichelte weiter seinen Schaft auf und ab, dann leckte sie plötzlich mit ihrer Zunge über die samtene Penisspitze. »Nein?«, fragte sie.

»Oh Scheiße, ja!«, schnaufte er.

Lächelnd nahm sie seinen Schwanz in den Mund und saugte einmal lang, was Grady zu einem unterdrückten Stöhnen brachte, als sie es wiederholte. Sie leckte mit ihrer Zunge über seinen gesamten Schaft und nahm ihn dann so tief wie möglich in ihren Mund auf. Ihre Hände waren in ständiger Bewegung, mussten seinen Körper berühren und fanden ihren Halt schließlich an seinem Hintern, den sie hart umgriff, während sie ihm Lust bereitete.

»Scheiße! Scheiße. Scheiße«, stöhnte er. »Das fühlt sich so verdammt gut an. Ich halte das nicht aus!«

Er schob seine Hüfte nach vorn und griff mit einer Hand in ihr tropfnasses Haar, um ihren Kopf zu leiten. Sie öffnete ihren Mund so weit sie konnte und versuchte, seinen Schwanz noch tiefer in sich aufzunehmen. Mit jedem Hereinkommen drückte sich ihr Rachen zusammen und massierte seine sensible Spitze. Mit jedem Stoß entfuhr Grady ein weiteres unterdrücktes Stöhnen. Sie vergrub ihre Fingernägel in seinem festen Hintern und zog ihn jedes Mal etwas näher zu sich heran.

»Süße ... Scheiße ... Ich kann nicht ... Ich werde in deinen Mund abspritzen«, knurrte er lüstern.

Genau das wollte sie. Sie wollte ihn schmecken, denn ihr Appetit auf ihn war riesig. Sie lutschte ihn schneller und härter und spürte ein Zittern, bevor sich sein heißer Samen in ihren Mund ergoss und ihre Kehle hinunterlief. Er schnappte nach Luft, warf den Kopf nach hinten und entließ ein lautes, ekstatisches Stöhnen.

Er schmeckte streng, ein wenig salzig und so unverwechselbar wie Grady.

Sie protestierte, als er sie nach oben zog, bevor sie auf die Beine kommen konnte, weil sie nicht wollte, dass er irgendetwas Schweres hob. Er wischte ihre Sorge beiseite, küsste sie leidenschaftlich und zog sie dann an seine Brust. Wieder hielt er sie und wiegte sie hin und her, so wie er es nach ihrem Orgasmus getan hatte.

Emily wusste nicht, wie lange sie so umschlungen zusammenstanden, mit summenden Körpern und singenden Seelen. Sie wusste nur, dass sie ein totales Glücksgefühl empfand und dass der Ort, an dem sie sein wollte, in Gradys Armen war. Sie hatte gedacht, dass sie bei ihrer Rückkehr nach Amesport auch zurück nach Hause gekommen war, doch mit Grady fühlte sich Emily, als hätte sie endlich ihr wahres Zuhause gefunden.

Kapitel 6

»Willst du mir erzählen, was auf der Feier mit dir los war?«, fragte Emily leise in die Dunkelheit hinein, als sie in Gradys riesigem Bett in seinen Armen lag.
»Ich wurde angeschossen«, antwortete er düster und seine dunkle Stimme vibrierte an ihrem Ohr.

Grady flüchtete sich offensichtlich in eine Ausrede. Er wusste ganz genau, wovon sie sprach. »Davor. Deine Panikattacke«, sagte Emily geduldig.

»Ich mag keine Feiern«, antwortete er zögerlich und streichelte gedankenverloren mit seiner Hand über ihre Hüfte.

»Da ist doch noch mehr. Doch wenn du es mir nicht erzählen willst, dann ist es schon in Ordnung«, sagte sie leise.

Sie hatte zwar Betriebswirtschaftslehre studiert und ihr Diplom gemacht, doch sie hatte ebenfalls einige Semester lang Psychologie belegt. Es blieb ihr nicht verborgen, wenn sie einem Menschen begegnete, der unter einer Sozialphobie litt.

»Es ist nicht so, dass ich nicht alles mit dir teilen möchte. Ich bin mir nur nicht sicher, wie ich es erklären soll«, gab er schließlich widerwillig zu und seufzte laut. »Als ich jung war, habe ich ziemlich schlimm gestottert.«

»Viele Kinder stottern. Und du bist dem offensichtlich entwachsen.« Sie wusste jedoch, dass es vermutlich nicht einfach für ihn gewesen war. »Kinder können manchmal schrecklich sein. Haben sie dich gehänselt?«

»Ja. Doch die Hänseleien in der Schule haben mich nicht allzu sehr gestört. Zu Hause war es furchtbar.«

»Deine Geschwister?«, fragte sie verwirrt.

»Mein Vater«, sagte Grady mit rauer Stimme. »Ich bin ein Sinclair und es ist keinem Sinclair erlaubt, einen Fehler zu haben. Ich konnte nie das sagen, was ich sagen wollte, und mein Vater hat gedacht, ich sei dumm. Er hat nie auch nur einen Tag vergehen lassen, an dem er mich nicht daran erinnert hat, dass ich nicht der Sohn war, den er haben wollte. Ich hatte gesellschaftsfähig sein sollen, ein Teil der Sinclair-Elite. Ich war es nicht. Ich war ein Computerfreak. Das Geschäftliche hat mich nie wirklich interessiert. Und ich hatte auch kein Interesse daran, bei diesen Schickimicki-Spielchen mitzumachen. Nichts davon war echt.«

Emilys Herz fühlte sich an, als würde es in einer Schraubzwinge feststecken. Sie sah Bilder des jungen Grady, der sich gefühlt hatte, als könne er den hohen Maßstäben seines Vaters niemals gerecht werden. »Aber du bist ein Genie!«, sagte sie. »Sie dir doch nur an, was du alles erreicht hast!«

»Das hat keine Rolle gespielt. Ich war nicht so wie er. Und er war nicht der Meinung, dass ich klug sei. Er dachte, ich hätte einen Defekt. Auch wenn sich mein Stottern mit der Zeit gelegt hatte, so hat er in mir doch nie mehr gesehen als einen Idioten.«

Unsicher, ob sie es wirklich wissen wollte, fragte sie zögernd: »Und die Sache mit der Feier?«

»Jedes Jahr haben wir die Sinclair-Weihnachtsfeier ausgerichtet, eine Veranstaltung, an der jeder Sinclair teilzunehmen hatte. Mein Vater war ein Alkoholiker und je mehr er getrunken hatte, umso schlimmer wurden seine Beleidigungen. Weil er mich nicht als seinen Sohn akzeptieren konnte, hat er sein Bestes gegeben, mich jedes Jahr zu erniedrigen und mich zum Witz der Familie zu machen, damit er allen seinen reichen Freunden beweisen konnte, wie sehr er mich verachtete. Und so gut wie alle haben dabei mitgemacht und mich gemeinsam mit ihm dafür ausgelacht, dass ich der Sinclair-Trottel bin. Ich denke, es ist in Ordnung, einen von *diesen* in seinen Reihen zu haben, doch er konnte mich ja nicht einmal als Teil *seiner* Familie akzeptieren. Ich war nichts, auf das man stolz sein konnte.« Er holte tief Luft und sagte abschließend: »Ich war immer schon ... anders.«

»Ich bin froh, dass du anders bist. Es ist besser, als in die Fußstapfen eines gemeinen Alkoholikers zu treten«, sagte Emily bestimmt. »Kein Wunder, dass du gelernt hast, Weihnachten zu fürchten. Habt ihr überhaupt als Familie gefeiert?«

»Nur bei dieser Feier«, gab Grady zu. »Wir waren Sinclairs«, sagte er, als ob das bereits alles erklären würde. »Wir haben das Haus wegen der Feier dekoriert.«

»Wo sind deine Eltern jetzt?«, fragte Emily. Sie wollte zu gern wissen, ob sie seinen Vater dafür erwürgen konnte, dass er in einem unschuldigen Jungen solche Ängste und Unsicherheiten hervorgerufen hatte.

»Mein Vater ist tot. Er ist direkt nach einer Weihnachtsfeier gestorben. Ich war damals achtzehn. Meine Mutter hat wieder geheiratet und ist nach Europa gezogen. Wir sehen sie so gut wie nie. Ich denke, wir waren Teil eines Lebens, das sie gern hat vergessen wollen. Ich glaube nicht, dass sie jemals glücklich war«, sagte Grady nachdenklich.

Emily seufzte erleichtert auf. Sie wollte keinen Mord begehen, doch wenn sie sich im gleichen Raum wie sein Alkoholiker-Vater befunden hätte, wäre sie vielleicht in Versuchung geraten. »Stehst du deinen Geschwistern nahe?«

»Wir sind uns so nahe, wie man sich eben sein kann, wenn man bedenkt, dass wir niemals Zeit miteinander verbringen«, sagte er leise.

Sie hatte das Gefühl, dass sie alle darunter gelitten hatten, in einem Zuhause mit wenig Liebe und einem alkoholkranken, jähzornigen Vater aufzuwachsen. »Wie hast du es geschafft, so besonders zu werden?«, fragte sie zärtlich.

»Du meinst anders?«, fragte er verwirrt.

»Nein ... besonders. Außergewöhnlich. Großartig.«

»Das denkst du von mir? Ich bin eher seltsam«, entgegnete Grady.

»Du bist nicht seltsam. Du hast eine Geldsumme in unfassbarer Höhe an das Zentrum gespendet, wo bereits ein sehr viel geringerer Betrag vollkommen ausreichend gewesen wäre, um es zu retten. Ich weiß, dass du es nicht zugibst, aber die Kurse dort liegen dir am Herzen. Du bist die Art von Mann, der weiß Gott wie viele Männer aussendet, nur um einen Typen ausfindig zu machen, der einer Wohltätigkeitsorganisation Geld gestohlen hat. Du hast dir die Mühe gemacht, mir einen Weihnachtsbaum zu besorgen, obwohl du Weihnachten nicht magst. Du bist großartig!«, antwortete Emily mit Nachdruck. »Und sag bloß nicht, dass du es nicht bist! Du bist der einzigartigste Mann, den ich jemals kennengelernt habe.«

»Ist das gut oder schlecht?«, fragte er belustigt. »›Einzigartig‹ klingt irgendwie genauso wie ›anders‹.«

»Das tut es nicht. Und ich finde dich ganz wunderbar!«, sagte sie entschlossen. »Du bist besonders, Grady. Du siehst es nur nicht. Du bist brillant, liebevoll, großzügig –«

»Störrisch, unsozial, lästig und das Scheusal von Amesport?«, fügte er hinzu.

»Niemand von uns ist perfekt und der einzige Grund, warum Menschen so etwas gesagt haben, bestand darin, dass sie dich nicht kannten«, antwortete Emily mit einem glücklichen Lachen. »Ich fürchte, als Lokalheld wirst du ab jetzt mit deinen guten Taten leben müssen.«

»Ich interessiere mich nur für dich. Ich will *dein* Held sein«, antwortete er hoffnungsvoll.

Sie drehte sich vorsichtig um, um keinen Druck auf seine Wunde auszuüben. Während sie die Arme um seinen Hals schlang und durch sein Haar streichelte, schlug ihr Herz Purzelbäume. Schließlich legte sie ihre Wange an sein von Bartstoppeln raues Gesicht. Grady war so viel mehr als nur ihr Held. Er wurde zu ihrem Ein und Alles, doch sie antwortete einfach nur: »Das bist du. Glaube mir ... das bist du ganz bestimmt. Du hast mir vermutlich das Leben gerettet.« Sie gab ihm einen zärtlichen Kuss auf die Stirn und wünschte, sie könnte ihm den Schmerz nehmen, den er in seiner Kindheit hatte erfahren müssen. Es stand nicht in ihrer Macht, doch sie konnte versuchen, ihm zu zeigen, dass seine Vergangenheit nicht zwangsläufig seine Zukunft definieren musste.

»Du kennst doch sicherlich das alte, chinesische Sprichwort ... Wenn du einem Menschen das Leben rettest, dann bist du für immer für ihn verantwortlich«, sagte er zufrieden.

»Keine Sorge. Ich werde dich nicht darauf festnageln«, entgegnete sie fröhlich.

»Ich will aber, dass du mich darauf festnagelst. Für immer«, sagte er schläfrig und nahm sie ein klein wenig fester in die Arme.

Emily war sich nicht sicher, wie sie darauf reagieren sollte. Ihr Herz machte zwar Freudensprünge, doch sie wollte in das, was er gesagt hatte, nicht zu viel hineininterpretieren. Er war verletzt, erschöpft und stand unter dem Einfluss des Schmerzmittels, das er eingenommen hatte, bevor sie zusammen ins Bett gegangen waren.

Es ist besser, wenn ich nichts sage. Dann werde ich auch nicht verletzt. Schon wieder.

Dieses Verhalten war feige, das war ihr durchaus bewusst. Doch mit Grady war alles plötzlich so real und so unfassbar intensiv. Sie wollte darauf vorbereitet sein, denn der Schmerz über den Verlust dieser noch so jungen Beziehung, die sie gerade miteinander begannen, würde sie vermutlich umbringen.

Müdigkeit übermannte sie beide, sie wurden still und schliefen schließlich ein.

In den nächsten Tagen erfuhr Grady so einiges über Emily Ashworth. Er lernte, dass sie Weihnachtslieder liebte und sie völlig schief mitsang. Doch ihr Enthusiasmus machte ihren falschen Gesang wieder wett und er fand ihn auch eigentlich ganz reizend. Ihre Weihnachtsplätzchen waren himmlisch und sie kam mit dem Backen kaum nach, weil Grady sie immer alle sofort aufaß. Sie hatte versucht, einige zu verstecken, doch er hatte es fertiggebracht, sie an so gut wie jedem Ort ausfindig zu machen. Dafür schlich er sich in die Küche, wenn sie gerade nicht aufpasste, und verschlang das Gebäck mit einem Appetit, als hätte er noch niemals in seinem Leben Weihnachtsplätzchen gegessen. Das hatte er ... vor Jahren einmal ... doch sie waren nicht annähernd so gut gewesen wie die von Emily. Er wusste jetzt auch, dass Emily bei alten Weihnachtsfilmen weinte. Sie schwor, dass sie diese Filme liebte, doch sie brachten sie zum Weinen. Was sie als »Freudentränen« bezeichnete, war nicht wirklich etwas, das ihm bekannt war. Warum würde irgendjemand weinen, wenn er doch glücklich war?

Seine Verletzung heilte, doch ihm ging es nicht schnell genug. In seinem Kopf erlebte Grady diese erste Nacht mit Emily in der Dusche wieder und wieder und sein Bedürfnis, in sie einzudringen und sie zu seinem Besitz zu erklären, wurde fast schon zu einer Besessenheit. Er lief mit einer konstanten Erektion herum, doch Emily untersagte ihm jegliche Tätigkeit, die sie als körperlich einstufte, weshalb er sich in einem Zustand der Dauerfrustration befand.

Und doch gehörten diese Tage zu den glücklichsten, an die er sich erinnern konnte. Die einfachsten Dinge mit Emily zu unternehmen war etwas Besonderes. Und je mehr Zeit sie in seinem Haus und in seinem Leben verbrachte, umso mehr wusste er, dass er sie nie mehr gehen lassen würde. Er konnte nicht einmal daran denken, wie es wäre, sie nicht mehr bei sich zu haben. Für ihn war sie sein ganz persönlicher Weihnachtsengel. Und sie war vor *seiner* Tür gelandet.

Mein!

Sie gehörte zu ihm ... sie hatte es nur noch nicht begriffen. Verdammt, sie hatte ihn sogar dazu gebracht, Weihnachten zu lieben! Dies waren nun seine liebsten Festtage und seine Erinnerungen an die Vergangenheit waren von Emily ausgelöscht worden, weil sie all die Dinge nur aus Freude tat und im Gegenzug niemals etwas erwartete.

Grady blickte für einen kurzen Moment von seiner Computerarbeit auf, um Emily zu beobachten, die auf dem Fußboden seines Büros saß und Kisten mit Papieren durchsah. In ihren ausgetragenen Jeans und einem leuchtend roten Pullover sah sie einfach umwerfend aus. An Emily faszinierte ihn nicht nur eine Eigenschaft oder ein Aspekt ihrer Persönlichkeit ... es war das Gesamtpaket. An ihr gab es nicht eine einzige Sache, die ihn nicht vollständig umhaute. Gut ... manchmal brachte ihre Sturheit ihn zum Wahnsinn, doch sogar die genervten Blicke, die sie ihm zuwarf, waren verdammt süß. Er beobachtete ihr Gesicht, das von verschiedenen Emotionen verändert wurde: Ärger, Verwirrung, Konzentration und schließlich Freude, wenn es ihr gelungen war, etwas zu verstehen.

An seinem Schreibtisch musste er seine Hände zu Fäusten ballen, um nicht von seinem Stuhl aufzustehen und sie dort auf dem Boden zu vernaschen. Er war bereits auf ihren süßen Geschmack gekommen, doch es reichte ihm nicht aus. Und seit diesem Nachmittag hatte sie sich geweigert, ihm mehr als nur einen Kuss zu geben, weil ihre Angst davor, dass er sich verletzen könnte, sie jedes Mal dazu brachte, sich zurückzuziehen. Für ihn existierte kein wunderbareres Geräusch als ihr erregtes Stöhnen, wenn sie zum Höhepunkt kam. Ihr zuzusehen war die befriedigendste Erfahrung seines Lebens gewesen und er wollte ihr Gesicht betrachten, wenn er sich tief in ihr befand, und sich gleichzeitig in ihrer Weichheit verlieren, während er sie zum Orgasmus stieß.

Grady war sich nicht sicher, wie lange er noch warten konnte. Sie so zu sehen war eine Qual für ihn und es war ihm unmöglich zu arbeiten, auch wenn er versuchte, einige Dinge seines aktuellen Projektes fertigzustellen. Wenn sie sich in seiner Nähe befand, wollte er sie ansehen. Wenn sie es nicht war, wollte er sie suchen, um sie in seiner Nähe zu haben. Egal was sie tat, sie verdrehte ihm den Kopf, so oder so.

»Wie kann ein Milliardär nur so unorganisiert sein?«, sagte sie abgelenkt, während sie mit missbilligend zusammengezogenen Augenbrauen einen weiteren Karton mit Unterlagen durchsah. »Und warum gründest du diese fantastischen Unternehmen, nur um sie zu verkaufen?«

Grady lächelte. Er wusste, dass sein Ablagesystem sie zur Verzweiflung trieb – aus dem einfachen Grund, weil er kein System besaß. »Mir gefällt es, diese Firmen zu gründen, doch ich habe keine Freude daran, sie zu leiten. Sobald ich damit fertig bin, alles zusammenzusetzen, bin ich bereit für ein neues Projekt.«

Sie sah mit gerunzelter Stirn zu ihm auf. »Aber jede Firma, die du bisher gegründet hast, ist zu einer riesigen Internet-Sensation geworden.«

Grady zuckte mit den Schultern. »Ich bekomme gutes Geld dafür. Ich bin nicht sehr gesellig und kann nicht besonders gut mit Leuten umgehen.«

»Woran arbeitest du jetzt?«, fragte sie neugierig, zog einen weiteren Stapel loser Papiere aus einem Karton und legte sie sich in den Schoß. Sie war fest entschlossen, ihn zu organisieren.

Bei seiner Vergangenheit und Persönlichkeit würde es für sie vermutlich keinen Sinn ergeben, doch er antwortete: »Eine neue Seite für Soziale Medien.«

Sie war einen Moment lang still und starrte ihn an, womöglich um herauszufinden, ob er seine Antwort wirklich ernst gemeint hatte. »Warum?«, fragte sie unsicher.

Grady zuckte mit den Schultern. »Weil ich es kann, nehme ich an. Diejenigen, die sich nicht unter Leute begeben, entwickeln diese Seiten für diejenigen, die es tun.«

Sie sah ihn ungläubig an und brach dann in schallendes Gelächter aus, wobei ihre freudigen Gluckser in dem großen Raum widerhallten. »Oh Grady, du bist fantastisch! Und an deiner Kommunikation gibt es nichts auszusetzen. Du lässt einfach nur niemanden nahe genug an dich heran, um dich kennenzulernen. Gibt es irgendetwas, das du nicht kannst?« Sie hielt sich nach ihrem Lachanfall noch immer den Bauch und schnappte nach Luft.

Dich dazu zu bringen, es dir von mir besorgen zu lassen.

Die einzige Sache, die er tun wollte, schien ihm nicht zu gelingen. Er sagte: »Ich kann offensichtlich meine Papiere nicht sortieren.«

»Ich glaube nicht, dass du dazu nicht in der Lage bist – du hast einfach nur keine Lust dazu«, antwortete sie und sah ihn mit einem skeptischen Blick herausfordernd an.

Erwischt!

»Papierkram zu erledigen ist stinklangweilig«, verteidigte er sich.
»Na und? Du stellst mit deinem genialen Gehirn ein Online-Unternehmen auf die Beine, verkaufst es und wirfst dann die Verträge und alles andere einfach in eine Kiste, wenn du fertig bist?«

Grady rutschte unruhig auf seinem Stuhl hin und her, denn er musste zugeben, dass sie den Nagel so ziemlich auf den Kopf getroffen hatte. »Selbstverständlich nicht!«, sagte er verärgert. *Ich löse ebenfalls den Scheck ein oder erhalte die Überweisung auf mein Konto.*

»Grady Sinclair, ich kann anhand dieser Unordnung in Kisten deine letzten fünf Arbeitsjahre zurückverfolgen«, drohte sie ihm. »Doch nichts davon ist irgendwie geordnet.«

»Die Steuersachen habe ich alle auf dem Computer«, sagte er streitlustig. Das Gespräch fing an, ihm Spaß zu machen. Es war offensichtlich, dass seine Ablagetechnik ihre durchorganisierte Magister-Persönlichkeit beleidigte.

»Weißt du überhaupt, wie viel Geld du jetzt besitzt?«

Grady grinste. »Eine Menge.« Er hatte einen Finanzverwalter, der ihn über die Dinge auf dem Laufenden hielt, doch er musste ehrlich zugeben, dass er nicht wusste, wie viel Geld er täglich auf seinen verschiedenen Konten zur Verfügung hatte. Aus diesem Grund hatte er den Besten auf diesem Gebiet engagiert, um diese Arbeit für ihn zu erledigen. »Ich schaue gelegentlich nach und mein Kontostand erhöht sich ständig. Das ist doch etwas Gutes, nicht wahr?« Gut ... er provozierte sie jetzt ein wenig, doch er liebte es einfach zu beobachten, wie sie reagierte.

Emily warf frustriert die Arme in die Luft. »Aber was, wenn dein Geld nicht vernünftig investiert wird? Was, wenn du noch mehr verdienen könntest ... es aber nicht tust ... weil du deine Finanzen nicht im Auge behältst?«

Oh, wie er ihren sturen, besorgten Blick liebte! Emily versuchte, *ihn* zu beschützen, und das brachte sein Herz dazu, schneller zu schlagen. Dennoch bedrückte ihn der besorgte Blick auf ihrem Gesicht. Er stand von seinem Schreibtisch auf, ging zu ihr hinüber und nahm sich den Laptop, der neben ihr stand. Während er mit einer Hand den Computer hielt, loggte er sich mit der anderen in eine Webseite ein und übergab ihr das Gerät. »Meinem Wertpapierbestand geht es prächtig. Sieh selbst!«

Sie nahm ihm den Laptop ab, streckte ihre Beine aus und stellte ihn auf ihren Oberschenkeln ab.

Grady ging zurück zum Schreibtisch und ließ sich in seinen Stuhl fallen. Er beobachtete sie, wie sie mit vor Konzentration zusammengezogenen Augenbrauen von einer Seite zur nächsten klickte. Lächelnd legte er die Füße auf den Tisch und faltete zufrieden die Hände über seinem Bauch. Emily zuzusehen war zu seiner Lieblingsbeschäftigung geworden. »Bist du jetzt zufrieden?«, fragte er, nachdem er sie dabei beobachtet hatte, wie sie alles mehrere Minuten lang analysiert hatte. Es war ihr nicht schwergefallen herauszufinden, wie der Depot-Tracker funktionierte. »Denkst du, dass mein Finanzverwalter gute Arbeit leistet?«

»Er ist besser als gut«, sagte sie und aus ihrer Stimme konnte er die Ehrfurcht heraushören. »Er ist unglaublich! Wer ist es?« Sie hielt ihren Kopf noch immer gesenkt und war vollständig auf die Zahlen konzentriert, die vor ihr auf dem Bildschirm erschienen.

»Jason Sutherland«, antwortete er missmutig. Er war sich nicht sicher, ob ihm der ehrerbietige Ausdruck gefiel, den Emilys Gesicht annahm, als er Jasons Namen nannte.

»Der Jason Sutherland?«, fragte sie und ihre Stimme klang, als spräche sie über einen Heiligen.

Grady nickte kurz und war sich nun sicher, dass er Jason hasste.

»Mein Vorbild!«, seufzte sie und stellte den Computer zur Seite, um zu Grady aufzusehen. »Er ist fantastisch!«

»So gut ist er nun auch wieder nicht«, brummte Grady und wusste, dass es eine Lüge war. Jason gehörte zu den intelligentesten Männern, die er kannte, doch das würde er ganz bestimmt nicht zugeben, wo Emily doch diesen verträumten Gesichtsausdruck hatte.

»Er beschäftigt sich nicht mit persönlichen Wertpapieranlagen. Das hat er nicht nötig. Er ist bereits milliardenschwer, der Goldjunge, das Genie der Investorenwelt. Mir ist bewusst, dass du ein reicher Mann bist. Äh ... gut ... ein sehr reicher Mann, doch er kümmert sich um keine anderen Wertpapiere als um seine eigenen. Als ich noch Betriebswirtschaftslehre studiert habe, war er bereits unfassbar reich. Ich habe seine Anlagestrategien studiert. Und er ist so jung!«

»So alt wie ich«, antwortete Grady. Er wollte nicht mehr über Jason sprechen. Emily sah zu begeistert aus und das störte ihn.

»Woher kennst du ihn?«

»Er ist mein Freund. Wir kennen uns seit unserer Kindheit«, brummte er. »Ich vermute, du findest ihn ebenfalls attraktiv?« Die meisten Frauen taten das und die weibliche Verehrung, die Jason erhielt, war Grady immer ziemlich egal gewesen, doch jetzt störte es ihn ganz gewaltig.

»Nein. Ich habe ihn selbstverständlich nie getroffen, aber ich fand ihn auf seinen Fotos auch nie sonderlich attraktiv. Aber wenn es um Geldanlagen geht, ist er einfach fantastisch!«, sagte sie und stand vom Boden auf.

»Du findest ihn nicht scharf?«, fragte Grady ungläubig.

»Nein«, entgegnete sie leise und näherte sich Grady mit wiegenden Hüften. »Er ist zu schön, fast zu perfekt. Ich bevorzuge große, dunkelhaarige Scheusale, die großzügige Geldsummen an Wohltätigkeitsorganisationen spenden und die von ihrem Geld nicht besessen sind.« Sie beugte sich zu ihm herüber, küsste ihn sanft und behielt ihre Lippen dabei gerade lange genug auf seinen, um ihn beinahe zum Wahnsinn zu treiben.

Ihr Duft hüllte ihn ein und ihre Lippen schmeckten nach süßem Kaffee und Sünde.

Sie zog sich langsam wieder zurück und lehnte ihre Stirn gegen seine. »Ich habe dich im Auge, Grady Sinclair. Du spendest Millionen für einen guten Zweck. Ich habe geglaubt, dass deine Spende für das Zentrum unglaublich war, doch du tust solche Dinge ständig, nicht wahr? Ich habe einige der Quittungen gesehen und ich habe das Gefühl, dass noch viele weitere existieren, die ich noch nicht gefunden habe.«

Grady zuckte mit den Schultern und schluckte schwer, bevor er antwortete: »Ich brauche das Geld nicht. Diese Spenden sind alle für einen guten Zweck.«

»Ich finde Männer, die still und heimlich Millionen an Wohltätigkeitsorganisationen spenden, weil sie nicht wollen, dass irgendjemand herausfindet, wie großzügig sie wirklich sind, unheimlich heiß«, flüsterte sie heiser.

In diesem Moment wollte Grady den Großteil seines Vermögens spenden, damit Emily ihn noch anziehender fände. *Mein Gott!* Wenn er nicht schon sehr bald in diese Frau eindrang, würde er ganz plötzlich in Flammen aufgehen.

Mein!

»Hast du tatsächlich gedacht, ich wäre scharf auf deinen Freund? Warst du etwa ... eifersüchtig?«, fragte sie langsam, als ob sie nicht glauben könnte, dass dies möglich wäre.

»Ja«, sagte er sofort. »Er ist zwar mein Freund, doch ich wollte ihm den Kopf abreißen, weil ich dachte, du wärst in ihn verschossen. Macht dir das Angst?« Um ehrlich zu sein machte es *ihm* irgendwie schon Angst.

Ich drehe hier bald noch durch! Ich mag Jason. Er ist ein guter Kerl. Doch ein Satz von Emily, dass sie ihn verehrt, reicht bereits und mir brennen die Sicherungen durch.

»Nein. Ich war nur noch niemals mit einem Mann zusammen, der mich so begehrt hat«, antwortete sie mit zitternder Stimme.

»Das tue ich«, brummte er, griff sie um die Taille herum und zog sie mit einem schnellen Ruck auf seinen Schoß.

»Vorsicht!«, schalt sie ihn und versuchte, wieder aufzustehen. »Du bist immer noch verletzt. Lass mich runter!«

Er wollte ihr sagen, dass sie ihn heilte und dass es seiner Schusswunde ebenfalls gut ging. »Zuerst will ich einen Kuss«, forderte er und fuhr mit einer Hand durch ihr Haar. Er wartete darauf, dass sie ihn als Erstes küsste, weil er wollte, dass sie ihm ebenso nahe sein wollte wie er ihr.

»Ich will dir nicht wehtun«, entgegnete sie nervös.

»Dann beeilst du dich wohl besser und küsst mich endlich oder ich werde hier in diesem Stuhl sterben.« Scheiße, er war wirklich verzweifelt, dabei musste er doch so dringend mit ihr verbunden sein. Sein Schwanz versuchte bereits, aus seiner Jeans auszubrechen, und er war sich bewusst, dass sie spüren konnte, wie er sich an ihren Po schmiegte. »Bleib hier und lass mich dir den Hintern wärmen«, befahl er ihr ruppig und zog ihren Kopf leicht in seine Richtung. »Küss mich!«

Emily kaute auf ihrer Lippe herum, als würde sie Risiken und Vorzüge gegeneinander abwägen. »Bist du dir sicher, dass es dir gut geht?«

»Ich sterbe!«, grollte er. »Küss mich oder töte mich!«

Emily kicherte und presste mutig ihren Mund auf seine Lippen.

Kapitel 7

Ich bin in Grady Sinclair verliebt!
Emily war sich ihrer Gefühle für Grady so sicher, dass es ihr Angst einjagte. Sie brauchte nicht darüber nachzudenken, ob es wirklich stimmte, und sie war sich auch nicht unschlüssig darüber, ob diese Liebe echt war. Sie kannten sich erst eine kurze Zeit, doch bei ihr hatte es in dem Moment gefunkt, als er ihr vor seiner Haustür wieder auf die Beine geholfen und ohne zweimal nachzudenken ihre Brille gesäubert hatte. Mit dieser einen unbedeutenden und doch aufmerksamen Geste hatte er ihr Herz gestohlen und sie hatte sich mehr und mehr in Grady verliebt, während er ihr seine rätselhafte Persönlichkeit Stück für Stück offenbart hatte.

Tatsächlich war er jedoch gar nicht so ein großes Rätsel. Er war ein Mann, der seinem Gewissen folgte, sein Leben so lebte, wie er es brauchte, um glücklich zu sein, und anderen Menschen half, weil er es wollte. Und er war einsam, aber nicht weil er es vorzog, alleine zu sein, sondern weil er Angst davor hatte, niemals akzeptiert zu werden. Sein gesamtes Leben über hatte er sich immer als Außenseiter gefühlt.

Dies brachte Emily dazu, *ihm* alles zu geben, was er brauchte, doch sie fürchtete sich. Wenn sie sich auf Grady einließ und es zwischen ihnen nicht funktionierte, würde nichts mehr übrig bleiben, es würden keine Teile von ihr selbst mehr existieren, die sie wieder zusammensetzen konnte. Sie liebte ihn einfach so sehr und er besaß die Macht, sie entweder zu zerstören oder unfassbar glücklich zu machen. Emily wusste, dass es mit Grady keinen Mittelweg geben würde. Es hieß alles oder nichts.

Sie versuchte, nicht weiter darüber nachzudenken, und ging ins Wohnzimmer, um die Lichter an dem Weihnachtsbaum anzuknipsen, den sie und Grady gemeinsam geschmückt hatten. Es war Heiligabend und ihr Abendessen war bereits fertig – inklusive des riesigen Truthahns, auf den Grady bestanden hatte. Er hatte ihr mitgeteilt, dass er die Reste schon aufessen würde. Keiner von ihnen hatte darüber gesprochen, wie es nach Weihnachten weitergehen würde. Es schien fast so, als hätten sie beide Angst davor, die Blase zum Zerplatzen zu bringen, in der sie sich gerade so glücklich und unbeschwert befanden.

Das Telefon klingelte und riss Emily mit seinem schrillen Geräusch aus den Gedanken. Es war Gradys Festnetz und seit sie bei ihm angekommen war, hatte es nicht einen Ton von sich gegeben.

Sie begab sich in die Küche und fragte sich, ob sie rangehen sollte. Grady war nach Portland gefahren, um etwas Geschäftliches zu erledigen, doch er hatte ihr gesagt, dass er zum Abendessen wieder zurück sein würde.

Es könnte Grady sein. Vielleicht wird er sich verspäten. Geh ran!

Die Nummer wurde nicht angezeigt, also nahm sie den Hörer ab. Sie war sich ziemlich sicher, dass es Grady war. »Hallo?«, meldete sie sich vorsichtig.

»Wo ist Grady? Und wer sind Sie?«, fragte eine arrogante Frauenstimme.

»Es tut mir leid, er ist nicht zu Hause. Kann ich ihm etwas ausrichten?« Emily trat unruhig von einem Fuß auf den anderen und wünschte sich jetzt, dass sie das Telefon hätte klingeln lassen.

»Wer sind Sie?«, fragte die Frauenstimme mit Nachdruck und klang dabei fast schon feindselig.

»Ich bin Emily. Ich besuche Grady über Weihnachten«, antwortete sie zögernd. Sie wollte auf keinen Fall einen von Gradys Freunden oder Geschäftspartnern verärgern. »Darf ich ihm ausrichten, wer angerufen hat?«, erkundigte sie sich erneut.

Emily hörte ein abfälliges Schnauben, dann antwortete die Frau: »Ich bin Hope Sinclair. Gradys Ehefrau. Verlassen Sie sofort mein Haus!« Die Verbindung wurde mit einem lauten, entschlossenen *Klick* getrennt.

Mit zitternden Händen legte Emily das Telefon zurück auf die Ladestation. Ihr Herz schlug so schnell, dass sie spürte, wie es durch ihren gesamten Körper pulsierte. In Windeseile schaltete sie alle Flammen auf dem Herd aus, auf dem das Essen warmgehalten wurde.

Ich muss hier weg! Ich muss hier weg!

Der Drang wegzulaufen zerrte an ihr und das Adrenalin schoss durch ihren Körper.

Ich habe ihn nie gefragt, ob es jemanden in seinem Leben gibt. Ich bin einfach davon ausgegangen, dass es nicht der Fall ist.

Niemals hatte irgendjemand davon gesprochen, dass Grady verheiratet war, doch was wussten die Leute schon wirklich über Grady Sinclair? Er lebte abgeschottet und vielleicht reiste seine Ehefrau sehr viel. Oder sie waren getrennt. Doch er hätte es ihr sagen müssen!

Schmerz durchfuhr ihren Körper und sie krümmte sich angesichts dieses Stechens beinahe zusammen. Und mit diesem Schmerz kam die Scham. Sie hatte den Ehemann einer anderen Frau geküsst, war mit ihm intim geworden.

»Oh Gott!«, flüsterte sie verzweifelt.

Nein! Nein! Nein!

Emily konnte nicht atmen, nicht denken. Sie wollte nur noch dieses Haus verlassen. Sie brauchte frische Luft und sie musste ihre Gedanken ordnen, die sich in ihrem Kopf gerade überschlugen – keiner von ihnen war gut oder rational.

»Neiiiiin!«, schrie sie, als sie die Haustür aufriss, hastig ihre Turnschuhe anzog und anfing zu rennen.

Draußen lag Schnee, doch das ignorierte sie. Sie musste sich von dem Schmerz distanzieren, der sie in Stücke zu reißen drohte. Es war kalt, aber sie würde schon nicht erfrieren, wenn sie einfach nur weiterlief, sich einfach nur in Bewegung hielt. Vielleicht konnte sie der Qual von Gradys Betrug an ihr davonlaufen.

Du kennst die Wahrheit nicht. Zieh jetzt nur keine voreiligen Schlüsse!

Ihre Vernunft sagte ihr, dass es nicht möglich sein konnte, doch zum Teufel, ihr Herz schmerzte und aus ihren Augen strömten unaufhörlich die Tränen ihre Wangen hinab.

Warum hat er mir nichts gesagt?

Emily hielt am Ufer an, atemlos und ohne jede Hoffnung. Sie ging einen Steg hinunter, den die Fischer benutzten und der schon existierte, so lange sie denken konnte. Er war etwas verwittert, doch immer noch stabil. Während sie am Ende der hölzernen Konstruktion stand, blickte sie hinaus auf die stürmische See. Das Geräusch der Wellen, die sich am Ufer brachen, beruhigte sie ein wenig. Der Aufruhr des Meeres passte sehr gut zu den verschiedenen Gefühlen, die alle auf einmal in ihrem Körper tobten.

Schmerz.

Betrug.

Angst.

Leere.

Verzweiflung.

Emily hatte Grady ihr Leben anvertraut und niemals gedacht, dass er ein Geheimnis vor ihr versteckt hielt, das sie zerstören würde.

Die Art und Weise, wie er mich angesehen, mich behandelt hat ... war das alles nur eine Lüge?

Sie musste wirklich gehen, bevor Grady zurückkam. Ein Teil von ihr wollte ihn konfrontieren, doch sie wusste, dass sie Zeit brauchte. Sie war hysterisch und irrational. Wenn sie mit ihm sprach, würde sie klar im Kopf sein müssen, andernfalls würde sie durchdrehen.

Sie hatte sich bereits umgedreht, um den Steg zu verlassen, weil sie wusste, dass sie nach Hause gehen und sich sammeln musste, als sie mit ihrem Fuß plötzlich die glatte, gefrorene Oberfläche des Stegs entlang rutschte und das Gleichgewicht verlor. Sie schlitterte kurz, konnte wegen der glatten Sohlen ihrer Turnschuhe jedoch keinen

Halt finden und stürzte mit einem erschrockenen, ängstlichen Schrei in die tosenden Wellen.

Grady kam gerade rechtzeitig, um Emilys Angstschrei zu hören.

Als er festgestellt hatte, dass sie sich nicht im Haus befand, war er ihren Fußspuren im Schnee gefolgt, die ihn hinunter zum Steg geführt hatten. Ihr verzweifelter Schrei hatte seine Aufmerksamkeit auf das hintere Ende gelenkt und noch bevor er darüber nachdenken konnte, was zum Teufel sie auf dem eisglatten Steg zu suchen hatte, war sie bereits ins Wasser gefallen.

»Scheiße!«, rief er verzweifelt aus, als er dabei zusah, wie sein gesamtes Leben vor seinen Augen ins Wasser stürzte. Wasser, vom dem er wusste, dass es kaum wärmer als vier Grad sein konnte.

Er zog sich im Laufen seine Jacke und seinen Pullover aus und sprang ins Wasser. Die Kälte nahm ihm die Luft zum Atmen, doch er ignorierte den stechenden Schmerz. Sein einziger Gedanke bestand darin, Emily zu erreichen.

Sie tauchte neben einem dem Stegpfosten auf und hielt sich an der hölzernen Struktur fest, während die Wellen gegen ihren Körper schlugen.

»Was zum Teufel tust du hier?«, brüllte Grady über das Getöse des aufbrausenden Meeres. »Du musst sofort aus dem Wasser!«

Verdammt, es war so kalt. Er wusste, dass keiner von beiden überleben würde, wenn sie das Wasser nicht sofort verließen.

»Mein Fuß steckt fest!«, schrie Emily. »Geh aus dem Wasser, Grady!«

Er konnte sehen, wie sehr sie sich anstrengte, um sich von dem zu befreien, was sie gefangen hielt, doch mit einem Mal verschwand ihr Kopf unter Wasser.

»Von wegen, geh aus dem Wasser!«, grollte er. Er tauchte unter und tastete mit seiner Hand nach ihren Beinen. Mit seinem anderen Arm hielt er sich am Pfosten fest, um nicht von den Wellen weggerissen zu werden.

Der Steg war alt und verwittert. Ihr Fuß steckte in einem sehr großen Holzspalt fest, der von einer Schraube zusammengehalten wurde und sie daran hinderte, ihren Schuh herauszuziehen. Grady umgriff ihren Fuß und drehte ihn in eine Stellung, aus der er ihn befreien konnte. Danach tauchte er auf und schnappte nach Luft.

Er verschwendete seinen Atem nicht darauf zu reden. Stattdessen packte er Emily um die Taille und trieb sie in Richtung des vor ihm liegenden Ufers. Der Steg war nicht besonders lang und die Wellen halfen dabei, die beiden ohne große Mühe zurück an Land zu spülen.

Grady wusste, dass er sie beide warm und trocken bekommen musste. Er nahm Emily auf die Arme, wickelte sie in seine trockene Jacke ein und lief zum Haus. Wieder ignorierte er den Schmerz, der ihn durchfuhr, als seine Blutzirkulation zurückkehrte und seine Bewegungen tollpatschig aussehen ließ. Entschlossen biss er die Zähne aufeinander und bewegte sich so schnell er konnte. Dabei hielt er Emily fest gegen seinen Körper gepresst.

Ich muss sie warm bekommen. Sie zittert nicht einmal. Sie ist unterkühlt.

Auch als er das Haus betrat, hielt er nicht an. Er lief die Treppe hinauf, setzte Emily in den Stuhl, der sich in seinem Zimmer befand, und begann panisch, ihr die nasse Kleidung auszuziehen.

Sie starrte mit ausdrucksloser Miene vor sich hin, ganz so, als hätte sie einen Schock erlitten. Als sie nackt war, nahm Grady Handtücher, trocknete schnell ihren Körper und ihr Haar, legte sie in sein Bett und begann damit, warme Decken auf sie zu legen. »In ein paar Minuten wird dir warm sein, meine Süße. Alles wird gut.« Er wusste, dass er genauso zu sich sprach wie zu ihr und dies nur dazu diente, um sich selbst zu vergewissern, dass sie in Sicherheit war.

Ihr Körper fing an zu zittern und ihre Zähne klapperten, beides gute Zeichen. Ihre Körpertemperatur stieg langsam wieder an.

»Wärm dich auf!«, sagte sie bebend unter all den Decken. »Mir geht es gut.«

Sie sah überhaupt nicht so aus, als ginge es ihr gut, doch ihre Augen sahen mit einem bittenden Blick zu ihm hinauf, den er einfach nicht ignorieren konnte. Er zog sich schnell aus und sein Körper fing ebenfalls an zu zittern. Er wusste, dass diese natürliche Reaktion seine Körpertemperatur erhöhen würde, doch es war noch immer verdammt unangenehm.

Nachdem er sich selbst mit den Handtüchern abgetrocknet hatte, glitt er neben ihr unter den Stapel Decken. Er bezweifelte zwar, dass sein Körper sehr warm sein würde, doch er zog Emily trotzdem an sich heran und fragte sich, ob er ihr durch reine Willenskraft wohl sämtliche Wärme geben konnte, die sich noch in seinem Körper befand.

Grady kuschelte sich ganz nah an sie und schloss erleichtert die Augen, als er spürte, wie die beiden gemeinsam bibberten und sich ihre Körper aneinander aufwärmten.

Was, wenn ich nicht rechtzeitig nach Hause gekommen wäre? Was, wenn ich noch irgendwo anders angehalten hätte? Wäre Emily dort draußen gestorben, weil *sie sich nicht alleine* hätte befreien können?

Ein Schauer durchfuhr seinen Körper, doch er hatte nichts mit seiner Temperatur zu tun.

»Was, wenn ich dich verloren hätte? Was zum Teufel hast du da draußen gemacht? Dieser Steg ist nicht einmal im Sommer gänzlich ungefährlich!« Seine Stimme war rau und ängstlich.

Ihre Zähne klapperten noch immer ein wenig, doch sie antwortete: »Du hättest dann noch immer deine Ehefrau.« Sie presste diesen Satz durch ihre Zähne und war bemüht, sich von ihm wegzubewegen.

Grady hielt sie noch fester und ließ sie nicht entkommen. »Was? Hast du Wahnvorstellungen? Sprich mit mir!« Vielleicht hatte ihr der Sturz ins Wasser mehr geschadet, als er zunächst angenommen hatte, denn sie stammelte absoluten Unsinn. Doch ihr Körper beruhigte sich und sie zitterte jetzt kaum mehr; er war mittlerweile wieder bei einer normalen Temperatur angelangt.

»Hope Sinclair«, sagte sie, nun schon ein wenig kräftiger. »Deine Frau.« Sie boxte ihn auf die Brust und versuchte, von ihm wegzukommen. »Wie konntest du nur, Grady? Wie konntest du mich küssen und so tun, als würde ich dir etwas bedeuten, wenn du zur gleichen Zeit deine Ehefrau irgendwo versteckst? War das alles nur ein krankes Spiel für dich? Ich habe mich in dich verliebt, du Mistkerl!« Emily verließen die Kräfte und sie brach in Tränen aus, wobei ihr Körper unter ihrem herzzerreißenden Schluchzen unkontrolliert zuckte.

»Hör auf! Emily! Hör auf zu weinen!« *Verdammt!* Er konnte es nicht ertragen, sie so zu sehen. Es riss ihm das Herz aus der Brust. »Ich habe keine Ehefrau. Hope ist meine Schwester. Hat sie angerufen, während ich weg war?«

»Ja. Sie hat gesagt, dass sie deine Frau ist«, schniefte sie und ihre Schluchzer versiegten. »Warum würde sie so etwas sagen, wenn es nicht stimmt?«

Grady war mit einem Mal hellwach. Er konnte den Anblick einer weinenden Emily nicht ertragen. Er rollte sie an seine Seite und hielt sie fest, damit sie ihm nicht entkommen konnte. »Weil sie weiß, dass Jared mir Frauen schickt, an denen ich kein Interesse habe. Sie hat mir in der Vergangenheit schon öfter geholfen, indem sie vorgegeben hat, meine Frau zu sein, um ein paar dieser Weiber loszuwerden, die ein Nein als Antwort einfach nicht akzeptieren wollten.« Er liebte seine Schwester und schätzte es, dass sie ihn vor dieser Art von Frau beschützen wollte, doch er wollte ihr am liebsten den Hals dafür umdrehen, dass sie ihn nicht vorher gefragt hatte.

»Dann bist du also gar nicht ... verheiratet?« Emily sah ihn zum ersten Mal direkt an und ihr Gesichtsausdruck war verletzlich und aufgewühlt.

»Sie ist meine Schwester und ich empfinde eine Menge geschwisterliche Zuneigung für sie, doch ich glaube, mit ihr verheiratet zu sein, ist so ziemlich überall auf dieser Welt illegal«, sagte er. »Ich bin absolut besessen von dir, hast du das denn immer noch nicht bemerkt? Jede wache Sekunde denke ich an dich und wenn ich schlafe, träume ich von dir. Es gibt keine andere Frau. Und es wird auch niemals eine andere Frau geben. Ich glaube, ich habe es in dem Moment gewusst, in dem ich dich vor meiner Tür im Schnee sitzend gefunden habe. Du gehörst mir, mein Engel. Ich brauche dich mehr als irgendetwas anderes auf der Welt. Bitte verlass mich nicht! Niemals!« In seiner Stimme vibrierten die Emotionen und aus seinen Augen schoss ein Feuer, das viel zu lange unter Verschluss gehalten worden war. Es interessierte Grady nicht mehr, ob Emily für sein emotionales Wohlbefinden verantwortlich war. Er hatte ihr bereits die Kontrolle übergeben und sie konnte damit anstellen, was immer sie wollte. Er gehörte ihr. Und sie gehörte an seine Seite. »Niemand wird dich jemals so sehr lieben, wie ich es tue, oder sich um dich kümmern, wie ich es tun werde. Bleib bei mir, Emily! Ich brauche dich!«

Grady spürte, wie sein Herz aussetzte, während er auf ihre Antwort wartete.

Sag Ja! Sag Ja und ich brauche mein Leben lang nie mehr ein anderes Weihnachtsgeschenk zu bekommen.

In ihren Augen glitzerten noch immer die Tränen, doch sie nickte und murmelte: »Ich liebe dich, Grady Sinclair.«

Grady nahm diese Antwort als ein Ja, weil er es wollte, und es war die süßeste Zustimmung, die er jemals gehört hatte. In diesem Augenblick war es das Einzige, das er hören musste. Er senkte seinen Kopf und küsste sie.

Kapitel 8

Emily öffnete sich ihm in dem Moment, in dem ihre Lippen die seinen trafen. Mit diesem Kuss bat sie um Vergebung für ihre Zweifel und dafür, dass sie ihn verdächtigt hatte, obwohl er doch unschuldig war. Sie entschuldigte sich ohne Worte und gab sich Grady vollständig hin. Von dem Augenblick, in dem sie sich begegnet waren, hatte er sie aus dem Gleichgewicht gebracht und ihr für gewöhnlich rationales Denken war dabei über Bord gegangen. Es war ihr nicht möglich, ihre Gefühle für Grady auf eine intelligente Art und Weise zu analysieren. Es schien, als seien ihre Seelen miteinander verwoben, und seit sie ihn getroffen hatte, fühlte sie sich endlich vollständig, als ob Grady eine Lücke in ihrer Seele füllte, die immer schon leer gewesen war.

Ihr vor kurzer Zeit noch unterkühlter Körper stand auf einmal in Flammen, als Grady sie wie ein besessener Mann küsste. Seine Zunge spielte mit ihrer, zog sich zurück und drang dann noch kräftiger in ihren Mund ein, um alles von ihr zu fordern.

Ja! Ja! Ja!

Ein Schauer fuhr durch seinen großen Körper, als sie sich stöhnend in seine Umarmung lehnte und versuchte, ihn mit ihren Händen überall gleichzeitig zu berühren. Seine Muskeln spannten sich

unter ihren Fingerspitzen an, während sie seinen Rücken hinunter streichelte und seinen steinharten Hintern ergriff, um ihn verzweifelt noch näher an ihre aufgeheizte Muschi zu drücken. Sie befreite ihren Mund und bettelte ihn an:»Bitte, Grady! Ich brauche dich!«
»Nicht genug!«, entgegnete Grady barsch.»Aber das wirst du schon noch!«

Er hielt beide Hände über ihrem Kopf fest und leckte mit seiner Zunge über die empfindliche Haut an ihrem Hals, bevor er an ihrem Ohrläppchen knabberte und rau flüsterte:»Ich habe einunddreißig Jahre auf ein Weihnachtswunder gewartet und du bist es wert. Jetzt will ich es genießen.«

Hilflos schob sie ihm ihre Hüften entgegen und spürte, wie ihre Muschi angesichts der Nähe seines harten Schwanzes von einer Hitzewelle durchflutet wurde, doch er war einfach noch immer nicht nahe genug.»Du kannst später genießen. Fick mich jetzt!«, stöhnte sie. Sie konnte es nicht mehr länger abwarten, Grady endlich in sich zu spüren.

»Ich will alles auf einmal mit dir tun! Davon habe ich geträumt, meine Süße! Ich habe so lange davon geträumt, dich nackt in meinem Bett zu haben, dass ich kurz davor bin, den Verstand zu verlieren!« Seine Zunge bahnte sich weiter ihren Weg über ihren Körper. Er ließ ihre Hände los und bewegte sich hinunter zu ihren Brüsten.

Emily schnappte nach Luft, als er über ihre Brustwarze leckte und die empfindliche Knospe sofort auf das Gefühl seiner neckenden Zunge reagierte. Er zwickte sie gerade fest genug, um einen Stromstoß durch ihren Körper zu senden, der sich in ihrer heißen Muschi entlud. Und dann streichelte er erneut mit seiner Zunge über ihre Brustwarze und die Hitzeflut, die sich in ihrem Magen und ihrer Muschi ausbreitete, wurde beinahe unerträglich.»Fick mich, Grady! Bitte!« Wenn sie ihn nicht bald in sich spürte, würde sie noch vollkommen verrückt werden. Sein Körper war so aufgeheizt und gab all diese Wärme ab, die sie aufzufressen drohte.

»Noch nicht. Ich will dich erst kosten«, antwortete er heiser. Sie spürte seinen heißen Atem auf ihrem Bauch.»Und ich habe versprochen, dass ich dich nur ficke, wenn du mich anbettelst.«

Großer Gott, sie würde kriechen und ihn anflehen, doch endlich Gnade mit ihr walten zu lassen. Eine Frau konnte nur soviel ertragen und sie war bereits bis an ihre Belastbarkeitsgrenze gegangen. »Grady ... Ich kann nicht ... Ich bin nicht ...«, stammelte sie, unfähig, einen zusammenhängenden Gedanken zu fassen, während sein Mund ihre feuchte Spalte liebkoste. Er befand sich noch nicht dort, wo sie ihn gern hätte, doch das Gefühl von seiner Zunge zwischen ihren Beinen ließ sie ihm die Hüfte entgegenrecken, um ihm zu zeigen, wie bereit sie für ihn war.

»Du wirst«, hörte sie seine raue Stimme, die an ihrer Muschi vibrierte.

Er streichelte die Außenseiten ihrer Oberschenkel hinab und über die empfindliche Haut an der Innenseite wieder hinauf, doch er berührte sie nicht dort, wo sie es brauchte. »Bitte!« Sie konnte nur noch Grady spüren und die Dinge, die er mit ihrem Körper anstellte. Er berührte sie, kostete sie, atmete ihren Duft ein, und es war so unglaublich scharf. »Hör auf zu genießen! Ich brauche dich jetzt!«, keuchte sie und bog ihren Rücken durch, als sie ein zufriedenes Stöhnen vernahm. Grady zeigte endlich Erbarmen und tauchte zwischen ihre Schenkel ein, und Emily gab sich ihm vollständig hin.

Grady war außerhalb des Schlafzimmers vielleicht eher zurückhaltend, doch als er sie oral liebkoste, zögerte er keine Sekunde lang. Er war völlig ungehemmt, schmeckte sie mit seinem Mund und seiner Zunge, verschlang sie, als wäre er noch niemals zuvor satt gewesen.

»Oh ... Gott!« Emily ließ sich fallen und ein gequältes Stöhnen schlüpfte zwischen ihren Lippen hindurch, als sich ihr Po vom Bett abhob und sie sich ihm hinstreckte, mehr von ihm haben wollte. Sie krallte sich in das Bettlaken und ihre Fingerknöchel wurden weiß von der Kraft ihres Griffes.

Grady schob ihre Beine mit gebeugten Knien nach oben, um sie für sich zu öffnen und sie seiner erotischen Qual vollständig zu unterwerfen. Seine Zunge fuhr wieder und wieder über ihre pulsierende Klitoris und mit jedem Mal wurde Emily erregter. Kein Erbarmen. Grady befand sich auf einer Mission und sein Fokus lag darauf, sie zum Höhepunkt zu bringen. Zu einem heftigen Höhepunkt. Die Art und Weise, wie er ihren Körper dominierte, ließ Emily Stück für Stück auseinanderbrechen.

»Du schmeckst so süß«, brummte er, als er seinen Kopf anhob. »Du bist fast bereit, für mich zu kommen!«

Emily wollte ihm mitteilen, dass sie mehr als bereit war, doch Grady hatte sich bereits wieder ihrer Muschi zugewandt und vereinnahmte diese völlig. »Ich kann nicht mehr ... Ich kann nicht...«, stöhnte Emily. Ihr Herz schlug so heftig und schnell in ihrer Brust, dass sie sich fragte, ob sie zum Höhepunkt kommen oder sterben würde. Jeder Muskel in ihrem Körper war nun angespannt und sie bewegte sich mit beängstigender Geschwindigkeit auf ihren Orgasmus zu. Dieses Gefühl war erschreckend und betörend zugleich, denn in der Vergangenheit hatte ihr Körper noch nie so intensiv reagiert.

Das ist alles Grady. Seine Berührungen bringen mich zum Wahnsinn.

Sie ergriff sein Haar und umklammerte seinen Kopf, während er sie weiter schmeckte und seine Zunge nun fest über ihre aufgerichtete Klitoris fahren ließ. Die kleine Knospe pulsierte und Emilys Hüften zuckten bei jeder Berührung.

Mit geschlossenen Augen sah sie Lichtblitze in der Dunkelheit, ihr gesamter Körper war höchst empfindlich und elektrisiert. Ihr Höhepunkt erfasste sie so heftig wie ein Wirbelsturm und ihr entfuhr ein ekstatisches Stöhnen, weil sie so fest durchgeschüttelt wurde, dass sie nur hilflos daliegen und neben Grady kommen konnte, der sich zwischen ihren Beinen an ihrem Orgasmus ergötzte, als wäre es Nektar.

»Hör auf! Bitte! Fick mich endlich!« Emily war verzweifelt. Sie konnte einfach nicht länger darauf warten, Gradys Schwanz endlich in sich zu spüren. Sie hatte gerade erst den überwältigendsten Orgasmus ihres Lebens gehabt. Und doch brauchte sie ... noch mehr. Sie wollte endlich mit Grady vereint sein.

Grady richtete sich auf und positionierte sich zwischen ihren Schenkeln. Der Ausdruck auf seinem Gesicht war besitzergreifend und animalisch, seine Augen dunkel und stürmisch. »Wenn ich dich jetzt nehmen, lasse ich dich nie mehr gehen!«, warnte er sie mit tiefer Stimme. »Das habe ich aber sowieso nicht vor. Du gehörst mir, seit du auf meiner Türschwelle gelandet bist, mein Engel.« Er glitt mit seinem Schwanz durch ihre Spalte und benetzte sich mit ihren Säften. »Du fühlst dich so gut an. So warm. So unglaublich!« Seine Hüften bewegten sich vor und zurück, während er seinen Schwanz wieder und wieder zwischen ihren Schamlippen rieb.

»Ich bin kein Engel. Ich bin nur eine Frau, die gleich durchdreht, wenn du sie jetzt nicht fickst!« Emily streichelte mit ihren Händen seinen Rücken hinunter und griff sich seinen Hintern, drückte ihn an sich, um ihn dazu zu bringen, endlich in sie einzudringen. »Ich flehe dich an, Grady. Ich brauche dich!«

»Kondom!«, brummte er an ihrem Hals.

»Ich nehme bereits seit Jahren die Pille, um meine Periode zu regulieren. Vertraust du mir?«, fragte sie außer Atem.

»Oh Gott, ja! Und ich bin verdammt froh, dass du mir auch vertraust, denn ich bin mir nicht sicher, ob ich mich gerade bewegen könnte. Nichts hat sich jemals so gut angefühlt«, sagte er rau und beugte sich zu ihr herunter, um ihren Mund mit einem Kuss zu verschließen.

Emily konnte sich selbst auf Gradys Lippen schmecken, was sie nur noch heißer auf ihn machte. Sie schlang ihre Beine um seine Hüften und zog ihn noch näher an sich heran.

Grady drang plötzlich und ohne Vorwarnung in sie ein und penetrierte sie mit der vollen Länge seines Schwanzes. Er stöhnte und stieß seine Zunge tief in ihren Mund, während sein Schwanz sich in ihrer Hitze vergrub. Er zog sich zurück und stieß erneut zu, wobei sein Stöhnen dieses Mal noch gequälter zu sein schien. Er löste seinen Mund von ihrem und schnaufte: »Du bist so eng!«

»Es ist schon eine Weile her«, gab sie atemlos zurück und schlag ihre Arme um seinen Hals, um sich an ihm festzuhalten.

»Mein!«, brummte er, während seine Hüften sich bewegten und sein Schwanz wieder und wieder in sie hineinfuhr.

»Ja!«, rief sie erregt. »Oh ja, Grady!«

Er übernahm die Kontrolle über ihren Körper, vereinnahmte sie und machte sie mit jedem Eindringen seines Schwanzes zu einem Teil von sich, wobei er sie so berührte, wie noch niemand sie jemals zuvor berührt hatte. Er füllte sie komplett aus und erhöhte nun die Geschwindigkeit. Sein Körper verlangte nach immer mehr und Emily gab ihm alles, was sie zu geben hatte. Sie stöhnte und warf ihren Kopf herum, als Grady seine Hände unter ihrem Po platzierte und begann, so kräftig in sie hineinzustoßen, dass ihr die Luft wegblieb.

»Zu hart. Aber ich kann nicht aufhören!«, sagte er mit vor Lust gequälter Stimme.

»Hör nicht auf! Nimm dir, was du willst! Ich bin hier bei dir.« Emily genoss seine unkontrollierte Dominanz und sie wollte nicht, dass er sich zurückhielt. »Mehr!«, bettelte sie und ging in dem Gefühl auf, das Gradys fester Schwanz in ihr verursachte. Er nahm sich nur, was ihm zustand, und er tat das auf die primitivste Art und Weise.

»Ich liebe dich, Emily!«, entfuhr es ihm, während er weiter und immer härter in sie hineinstieß.

Sie wollte ihm sagen, dass sie ihn auch liebte, doch ihr Höhepunkt erfasste sie und schüttelte ihren Körper so heftig durch, dass es ihr die Sprache verschlug. Sie stöhnte unkontrolliert auf und ihre Muschi umschloss fest Gradys Schwanz.

Sein Mund bedeckte ihren und verschluckte ihre ekstatischen Geräusche. Stattdessen entfuhr im ein lautes Stöhnen, als ihr Orgasmus ihn dazu brachte, sich in ihr zu ergießen. Sein warmer Samenerguss explodierte in ihrem Inneren und er küsste sie, als wäre er von Sinnen, als würde er damit fortfahren wollen, sie zu erobern, obwohl er sie doch schon längst besaß.

Er gab ihren Mund frei, zog seinen Schwanz heraus und rollte von ihr herunter. So lagen sie gemeinsam nebeneinander, beide schwer atmend und nach Luft ringend. In dem Moment, in dem Emily wieder sprechen konnte, platzte sie heraus: »Ich liebe dich auch! So sehr!«

Er küsste ihre Stirn, die Lippen, die Wangen, jede Stelle ihres Gesichts, bevor er antwortete: »Bleib bei mir, Emily! Dann wird für mich jeder Tag wie Weihnachten sein.«

Emily musste ihre Tränen hinunterschlucken, weil sie die Verletzlichkeit in seiner Stimme so deutlich hören konnte. »Ich möchte dir jeden Tag ein Weihnachtsfest bereiten. Ich will dich glücklich machen, Grady!«

»Das tust du bereits«, sagte er heiser. Er schob ihren Körper sanft zur Seite, deckte sie zu und glitt aus dem Bett. Emily seufzte, als sie beobachtete, wie sich sein wunderschöner Körper durch den Raum bewegte und er etwas aus der Tasche seiner nassen Jeans zog.

»Mist! Ich habe meine Kontaktlinsen im Wasser verloren!«, sagte sie ärgerlich. Sie hatte jetzt erst festgestellt, dass ihre Sicht unscharf war.

Grady knipste die Nachttischlampe an und gab ihr ein kleines Kästchen mit Samtüberzug, das nass und dreckig war. »Ich kaufe dir neue. Es spielt keine Rolle, so lange du nur in Sicherheit bist. Du hast mich heute um einige Jahre altern lassen, Weib! Damit muss jetzt Schluss sein! Und ich schwöre dir, ich werde jeden Laden in der Umgebung leerkaufen, damit du ja vernünftige Stiefel anziehen kannst«, sagte er rau. »Diese Turnschuhe gefährden meine Gesundheit!«

Emily sah auf das Kästchen in ihrer Hand und ihre Finger begannen zu zittern.

»Ich war nicht wirklich geschäftlich unterwegs. Ich musste etwas abholen. Ich habe einen guten Freund, der mir geraten hat, dich so schnell wie möglich zu heiraten. Ich glaube, das war der beste Ratschlag, den Simon mir jemals gegeben hat.« Er beugte sich hinüber und öffnete das Kästchen.

Emily stockte der Atem; der Diamantring, der sich im Inneren befand, war absolut umwerfend. »Oh mein Gott!«

»Willst du mich heiraten, mein Engel?« Er zog den Ring heraus und warf das Kästchen auf den Boden.

Emily begann auf der Stelle zu weinen und die Tränen liefen ihr in Sturzbächen das Gesicht hinunter. Grady ließ ihr nicht viel Zeit zum Antworten. Er hob ihre Hand an und steckte ihr den riesigen Diamantring an den Finger. »Hatte ich überhaupt eine Wahl?«, entfuhr es ihr mit einem Schluckauf, weil ihr Herz sich in ihrer Brust so sehr zusammenzog, dass sie kaum atmen konnte.

»Nein«, antwortete er und grinste sie spitzbübisch an. »Doch ein Mann muss diese Frage stellen.«

Nicht dazu fähig, sich auch nur eine Sekunde länger zurückzuhalten, warf sich Emily in Gradys Arme und drückte ihn so fest, dass sie ihn vermutlich beinahe erwürgte. Doch Grady beschwerte sich nicht. Er zog sie an sich heran und hielt sie so fest, als würde er sie nie mehr gehen lassen wollen.

»Ich hätte sowieso Ja gesagt«, entgegnete sie zärtlich und legte ihren Kopf an seine Schulter.

»Ich weiß, dass Hope sehr überzeugend sein kann, aber hast du wirklich geglaubt, dass ich verheiratet bin?«, fragte Grady und hob ihr Kinn an, um ihr in die Augen zu sehen.

»Um ehrlich zu sein habe ich einfach nur reagiert. Es tut mir leid. Das hier ist alles ziemlich beängstigend. Ich habe noch niemals so empfunden und ich glaube, ich habe einfach nur gedacht, dass es zu perfekt wäre, um real zu sein.« Sie seufzte und fragte sich, wie sie es jemals hatte glauben können, wo doch die Intensität von Gradys Liebe für sie aus den Tiefen seiner grauen Augen heraus strahlte. »Ich habe gewusst, dass ich verletzt werden könnte.«

»Niemand wird dir mehr wehtun«, antwortete er heiser und in seiner Stimme schwangen die Emotionen. Er nahm sie fest in die Arme und zog sie auf seinen Schoß. »Und wenn es doch jemand tut, dann werde ich ihn töten müssen.«

Emily lächelte an seiner Schulter. Sie wusste, dass Grady immer beschützerische und dominante Instinkte haben würde, doch sie beklagte sich nicht. Seine Liebe würde sie immerzu umgeben und sie würde im Gegenzug die gleichen beschützerischen Gefühle für ihn haben. »Ich werde dich mit so viel Liebe überschütten, damit du lernst, Weihnachten eines Tages so sehr zu lieben, wie ich es tue«, versicherte sie ihm.

»Ich mag Weihnachten bereits. Es ist Heiligabend und ich bin verdammt glücklich«, entgegnete er, sein Gesicht in ihr Haar gepresst.

»Was müsste geschehen, damit du es liebst?« Sie rutschte unruhig auf seinem Schoß hin und her und fühlte seine harte und heiße Erektion an ihrem Hintern.

Er bewegte sich blitzschnell, drehte sie auf den Rücken und legte sich auf sie. Seine Augen funkelten schelmisch und wild. Er positionierte sich zwischen ihren Schenkeln und hielt ihr die Hände über dem Kopf fest. »Du ... in meinem Bett ... die ganze Nacht und morgen den ganzen Tag. Ich glaube, morgen Abend würde ich dann unglaublich glücklich sein und Weihnachten lieben. Es könnte sogar sein, dass ich durch Amesport spaziere, Süßigkeiten verschenke und allen ein so fröhliches Weihnachtsfest wünsche, wie ich es gerade gehabt habe.«

Emily lachte amüsiert. »Das würde ich gern sehen!«

»Du weißt, was du zu tun hast«, forderte er sie heraus.

»Ich habe versprochen, dir zu zeigen, dass Weihnachten schön sein kann«, sagte sie fürsorglich.

»Ja. Ja, das hast du.« Grady beugte sich zu ihr hinunter und küsste sie, bevor er hinzufügte: »Doch ich habe nicht gedacht, dass du das tun würdest, was wir gerade getan haben.«

»Keine Frau könnte einem Weihnachtsgeschenk wie dir widerstehen«, teilte Emily ihm mit einem zufriedenen Seufzer mit.

Grady lächelte sie so verführerisch an, dass ihr Herz dahinschmolz. Er küsste sie zärtlich und dieser Weihnachtskuss versprach ihr die Ewigkeit.

Bis zum nächsten Abend verließen sie das Bett tatsächlich nicht und sie waren beide so erschöpft und glücklich, dass sie es lediglich schafften, etwas zu essen und danach direkt wieder ins Bett gingen. Die Süßigkeiten, die Grady hatte verteilen wollen, hatten sie beide schon längst vergessen.

Doch es war das fröhlichste Weihnachtsfest, das Grady und Emily je erlebt hatten.

Epilog

Eine Woche später fand sich Grady im Jugendzentrum wieder, doch er war nicht mehr widerwillig dorthin gegangen. Grady Sinclair veranstaltete eine Party und er war tatsächlich der Gastgeber. Er hatte nicht sehr viel Zeit gehabt, die Feierlichkeiten zu arrangieren, doch er hatte es trotzdem geschafft, eine ziemlich nette Silvesterparty auf die Beine zu stellen.

Die Stimmung war ausgelassen und die Band, die er für diesen Abend engagiert hatte, erfüllte den Saal mit Musik, die den Großteil der Einwohner von Amesport auf die Tanzfläche lockte.

Er lächelte, als er sah, wie Emily ihre Eltern umarmte und mit ihnen lachte. Gott, sie machte ihn glücklich und er spürte, wie jeder besitzergreifende Instinkt in seinem Körper sich bemerkbar machte, wenn er sah, wie der Diamant seines Rings an ihrem Finger funkelte. Es fiel ihm noch immer schwer zu glauben, dass sie wirklich zu ihm gehörte.

Ihre Mutter und ihr Vater waren überrascht gewesen, als Gradys Privatflugzeug sie am Flughafen abgeholt hatte, doch sie sind sehr locker damit umgegangen. Sie waren gekommen, um ihn kennenzulernen und an der Party teilzunehmen, damit ihre Tochter glücklich war. Grady fand dies ziemlich außergewöhnlich.

Vielleicht war dieses Verhalten normal bei liebenden Eltern, doch Normalität war nichts, was er mit seiner Mutter und seinem Vater jemals erlebt hatte.

Er musste ehrlich zugeben, dass seine Kindheit *verkorkst* gewesen war, doch Emily machte das alles wett und tat darüber hinaus noch viel mehr. Wenn er sein Leben noch einmal so leben müsste, um zu ihr zu finden, dann würde er es ohne zu zögern tun. Er war nach Amesport gezogen, um endlich seinen Frieden zu finden. Weil ihm bereits ein Haus auf der Halbinsel gehörte, hatte er sich gedacht, dass die kleine Stadt ideal dafür geeignet sein würde, um Menschen aus dem Weg zu gehen. Er hatte jedoch eingesehen, dass echtes Glück nicht von einem Ort abhängig war. Seine echte Freude war Emily und ihm war schnell bewusst geworden, dass nicht alle Menschen so waren wie sein Vater, dass für ihn kein Grund bestand, sich von seiner Außenwelt abzuschotten. Er würde gesellschaftliche Ereignisse zwar nie lieben, doch er hatte vor Menschen keine Angst mehr. Emily liebte ihn. Wenn sie ihn akzeptieren konnte, dann gelang dies anderen vielleicht auch.

Gradys Augen wanderten zu der anderen Seite des Raumes, wo seine Geschwister alle zusammenstanden und den Eindruck erweckten, als würde ihnen diese Party gefallen. Vielleicht genau aus dem Grund, weil er sie alle zusammengebracht hatte. Hope war ohne ihren Versager-Freund aus Aspen angereist und seine Brüder Evan, Dante und Jared waren vor einer kurzen Weile alle gemeinsam eingetroffen. Sogar Jason war gekommen und hatte gesagt, dass er am Silvesterabend nichts Besseres zu tun gehabt hätte.

Grady warf Dante einen ernsten Blick zu. Ihm fiel auf, wie erschöpft sein Bruder wirkte. Dante, ein Jahr jünger als Grady, hatte seinen eigenen Weg eingeschlagen, nachdem er das Sinclair-Elternhaus mit achtzehn Jahren verlassen hatte. Er war aufs College gegangen, um Strafrecht zu studieren, und hatte bei der Polizei in Los Angeles angefangen, wo er sich schnell und aggressiv zum Inspektor der Mordkommission hochgearbeitet hatte. War er glücklich? Grady bemerkte die dunklen Ringe unter Dantes Augen und seinen müden Gesichtsausdruck. Vielleicht hatte er in letzter

Zeit einfach nur zu viel gearbeitet, doch Grady hatte das Gefühl, dass Dante vermutlich immer so aussah. Und wie könnte es auch anders sein? Dante arbeitete als Detective im schlimmsten Bezirk von ganz Los Angeles und sah tagtäglich Morde, viele von ihnen bandenspezifisch. Dieser Job würde von einem Polizisten früher oder später seinen Tribut fordern.

Er wurde jäh aus seinen Gedanken gerissen, als Emily, in ein rotes Cocktailkleid gekleidet, von dem er der Meinung war, dass es nicht legal sein sollte, mit wiegenden Hüften auf ihn zukam. Das Kleid umschmeichelte ihre Kurven und entblößte mehr Haut, als sie seiner Ansicht nach zeigen sollte, doch sie sah so attraktiv aus, dass er sofort eine Erektion bekam, als sie ihn anlächelte.

»Ich kann immer noch nicht glauben, dass du das hier alles organisiert hast. Mein Gott, ein Smoking steht dir wirklich ausgezeichnet!« Sie schlang ihre Arme um seinen Hals und küsste ihn zärtlich auf die Lippen. »Du bist umwerfend, Mr. Sinclair!«

Grady sah sie mit hochgezogener Augenbraue an. Er erkannte eine Herausforderung, wenn sie ihm ins Gesicht strahlte. »Ich dachte, ich hätte dir bereits gesagt, dass du dafür bezahlen wirst, wenn du mich so anredest. Es gibt jede Menge Sinclairs. Ich will etwas Besonderes sein!«

»Du hast mir nie gesagt, wie genau diese Bestrafung aussehen würde.« Sie trat noch näher an ihn heran und flüsterte ihm mit ihrer *Fick-mich*-Stimme ins Ohr: »Vielleicht gefällt es mir ja.«

Gut … die Party war eine tolle Idee gewesen und sie hatte seine Frau glücklich gemacht, doch jetzt fand er, war es Zeit, diesen Ort mit ihr zu verlassen. »Das zeige ich dir, wenn wir zu Hause sind.« Glücklicherweise besaßen alle seine Geschwister ihre eigenen Häuser.

»Hope hat sich entschuldigt. Die Arme! Es war ihr furchtbar unangenehm, als sie erfahren hat, was passiert ist. Du hättest es ihr nicht sagen sollen«, schalt Emily ihn. »Ich mag sie. Ich mag deine ganze Familie.«

»Es fühlt sich merkwürdig an, dass wir alle wieder zusammen sind.« Grady legte seinen Arm um Emily. »Ich habe sie vermisst.«

»Vielleicht können sie ja eine Weile hierbleiben«, sagte Emily.

»Mach dir nicht allzu viel Hoffnung«, warnte Grady sie mit gerunzelter Stirn. »Es ist ein Wunder, dass wir uns alle am selben Ort aufhalten.«

»Noch eine Minute bis Mitternacht!«, verkündete eine männliche Stimme laut, um sich über die Musik hinweg Gehör zu verschaffen.

Grady nahm zwei Gläser Champagner von einem nahestehenden Tisch und gab Emily eins davon. Seine Geschwister, Jason sowie Emilys Eltern versammelten sich um sie herum und Grady fühlte sich so glücklich wie noch nie in seinem Leben. Er befand sich hier mit der Frau, die er liebte, und ihren beiden Familien. Besser als das wurde es einfach nicht.

»Ich kann nicht auf später warten«, flüsterte Emily ihm sinnlich ins Ohr.

Gut ... vielleicht konnte es *doch* noch besser werden, doch er war noch immer ziemlich zufrieden.

»Bist du beschwipst?«, fragte er Emily grinsend. Sie hatte ihm erzählt, dass sie immer etwas unberechenbar wurde, wenn sie etwas trank. Aus diesem Grund war Grady darauf bedacht gewesen, ihr Glas den gesamten Abend über immer wieder aufzufüllen.

»Vielleicht ein ganz kleines bisschen«, gab sie zu und hielt ihren Daumen und Zeigefinger in ziemlich großem Abstand auseinander.

»Fünf!«

»Vier!«

»Drei!«

»Zwei!«

»Eins!«

Der gesamte Saal brach in Jubel aus, als die Einwohner von Amesport das neue Jahr willkommen hießen.

Nachdem Emily jedes Familienmitglied umarmt und ihnen einen Kuss auf die Wange gegeben hatte, ergriff sie Gradys Hand und zog ihn auf die Tanzfläche. »Tanz mit mir!«, sagte sie und warf ihre leicht angetrunkene Gestalt ohne Hemmungen in seine Arme.

Grady fing sie auf und stellte ihre Füße vorsichtig wieder auf dem Boden ab. »Frohes neues Jahr, mein Engel!«

»Frohes neues Jahr, Liebling!«, antwortete sie und ihre Augen strahlten vor Glück. »Nenne mir deine Wünsche für das neue Jahr und ich werde sie alle wahr werden lassen«, sagte sie voller Überzeugung.

Grady lächelte sie an. »Ich wünsche mir, dass du mich für immer lieben wirst.«

Sie gab ihm einen Klaps auf den Arm, bevor sie sich von ihm zu den Tönen von »Auld Lang Syne« herum wiegen ließ. »*Das* hast du doch bereits. Wünsch dir etwas anderes!«

»Unmöglich, mein Engel! Du hast bereits alles wahr gemacht, was ich mir hätte wünschen können.«

In ihren Augen glitzerten die Tränen. »Ich liebe dich, Grady.«

Er zog sie ganz dicht an sich heran und flüsterte ihr ins Ohr: »Ich liebe dich auch. Danke, dass du mir Weihnachten zurückgegeben hast. Was wünscht du dir für das neue Jahr?« Er wollte Emily unbedingt das geben, was sie haben wollte, und noch viel mehr.

»Ich wünsche mir, dass du mich küsst«, entgegnete sie ohne Umschweife.

»Ich bin ein Milliardär und das ist das Einzige, das du dir wünschst?« Er grinste, doch innerlich tanzte sein Herz vor Freude.

»Es ist das, was ich will. Du hast mir gesagt, dass du versuchen wirst, mir alles zu geben, was ich mir wünsche«, sagte sie neckend und zitierte ihn mit seinen eigenen Worten.

»Alles, was du willst, meine Süße!«, antwortete er amüsiert.

Zwei Sekunden später beugte Grady Emily über seinen Arm und gab ihr den süßesten und leidenschaftlichsten Neujahrskuss, den sie jemals bekommen hatte.

~*Ende*~

Biografie

J.S. Scott ist eine Bestsellerautorin pikanter Liebesromane. Sie ist eine begeisterte Leserin von Büchern und Literatur jeglicher Art. J.S. Scott schreibt, was sie selbst gern liest, und das sind zeitgenössische sowie paranormale erotische Liebesgeschichten. Sie handeln meistens von einem Alphamännchen und haben ein Happyend, denn so schreibt sie sie einfach am liebsten!

Besuchen Sie mich auf:
http://www.authorjsscott.com
https://www.facebook.com/J.S.ScottGermany/

Oder senden Sie eine E–Mail an:
JSScott_author@hotmail.com

Sie finden mich ebenfalls auf Twitter:
@AuthorJSScott

Bitte tragen Sie sich auf meiner E-Mail-Liste ein, um über Neuigkeiten, neue Veröffentlichungen und exklusive Textauszüge informiert zu werden: http://eepurl.com/b2DuYn

Bücher von D. A. Scott

Die Sinclairs – Die Serie:

Kein gewöhnlicher Milliardär ~ Dante (Die Sinclairs, Buch 1)
Der verbotene Milliardär ~ Jared (Die Sinclairs, Buch 2)
Weihnachten mit dem Milliardär ~ Grady (Eine Sinclair-Novelle)
Der Milliardär mit dem gewissen Etwas ~ Evan (Buch 3)
(demnächst erhältlich)

Ein Milliardär voller Leidenschaft – Die Serie:

Entfesselte Leidenschaft (Buch 1)
Das Herz des Milliardärs:
Ein Milliardär voller Leidenschaft ~ Sam (Buch 2)
Die Erlösung des Milliardärs:
Ein Milliardär voller Leidenschaft ~ Max (Buch 3)
Der Milliardär und sein Spiel:
Ein Milliardär voller Leidenschaft ~ Kade (Buch 4)
Ein Milliardär außer Kontrolle:
Ein Milliardär voller Leidenschaft ~ Travis (Buch 5)
Ein Milliardär ohne Maske:
Ein Milliardär voller Leidenschaft ~ Jason (Buch 6)
Milliardenschwer und ungezähmt:
Ein Milliardär voller Leidenschaft ~ Tate (Buch 7)
Milliardenschwer und ungebunden:
Ein Milliardär voller Leidenschaft ~ Chloe (Buch 8)
Milliardenschwer und unerschrocken:
Ein Milliardär voller Leidenschaft ~ Zane (Buch 9)

Milliardenschwer und unerkannt:
Ein Milliardär voller Leidenschaft ~ Blake (Buch 10)

Die Walker-Brüder – Die Serie:

Lass los!: Eine Geschichte der Walker-Brüder
(Die Walker-Brüder, Buch 1)
Vertrau mir!: Eine Geschichte der Walker-Brüder
(Die Walker-Brüder, Buch 2)
(ab Mitte Oktober 2017 erhältlich)

Obwohl die Serie »The Walker Brothers« zwanglos mit der Reihe »Ein Milliardär voller Leidenschaft« verbunden ist, stellt sie eine eigenständige Serie dar, die auch gelesen werden kann, ohne die Bücher von »Ein Milliardär voller Leidenschaft« zu kennen. Es handelt sich ebenfalls um eine heiße Liebesromanreihe mit Alpha-Milliardären.

Und auch die folgenden Bücher von J.S. Scott

werden in Kürze auf Deutsch erhältlich sein:

Aus der Reihe »Die Sinclairs«:
The Billionaire's Voice (Buch 4)
The Billionaire Takes All (Buch 5)
The Billionaire's Secrets (Buch 6)

Aus der Reihe »Ein Milliardär voller Leidenschaft«:
Billionaire Unveiled ~ Marcus (Buch 11)

www.ingramcontent.com/pod-product-compliance
Lightning Source LLC
Chambersburg PA
CBHW020318130626
46549CB00003B/919

* 9 7 8 1 9 4 6 6 6 0 3 4 3 *